사유를 담은
가야금
2

물처럼 맑고 불처럼 따뜻하고 茶처럼 향기롭고

사유를 담은 가야금 2

삶의 꿈을 향해 피어나는 사색의 길.

정신이 열린 사유를 따라 피어나는 향기.

본연의 심안에 비친 생명 물결과 삶을 향한 혼길.

사유를 담은
가야금 2

관음출판사

차 례

3장_ 시중(視中)

동공은
티 없이 맑아

모든 사물의
색깔과 모양을 바르게 볼 수가 있다.

동공을 통해 바라보는
주인공이 물들면
모든 사물과 현상이 주인공 색깔에 투영된다.

형체 없고 색깔 없는
주인공이

이슬처럼 티 없는
맑음,
물듦 없는 본연의 순수일 때에

사물과
현상의 선명한 참모습을
본다.

3장_ 시중(視中)

이얼령비얼령

옳음과 그름
잘함과 못함
좋음과 싫음
긍정과 부정
찬성과 반대
이편과 저편
이익과 손해
높음과 낮음
많음과 적음
전진과 후퇴
빠름과 느림
시시와 비비

이 모두가 한 생각의 빛깔이니
밝음에 비추면 밝고
어둠에 비추면 어두우니
이얼령비얼령이다.

시각이 이얼령이면 이얼령이 되고
관점이 비얼령이면 비얼령이 된다.

초점이 한쪽에 치우치면 왜곡될 수 있고
의식에 색깔이 있으면
무엇이든 색깔시각에 투영되며
마음이 밝으면 무엇을 봐도 밝게 보이고
마음이 어두면 무엇을 봐도 어둡게 보인다.

그러나 이얼령비얼령에 빠져 있으면
누구나 자신은 한쪽만 보는
외눈박이가 아니라고 생각한다.

자기 시야와 색깔, 판단에 치우쳐
다른 쪽은 무조건 부정하고 차단하며
회피하고 눈을 감는 것은
두 눈이 있어도 한쪽은 보지 못하는 외눈박이다.

이얼령비얼령은
그림자 없는 눈 밝은 이의 시야에는
사념(思念)의 어둠일 뿐이다.

시선(視線)

여기
이곳에
머물 수 없음은
성장이 멈추지 않았기 때문이다.

여기
이곳에
안주할 수 없음은
시야(視野)가 열려 있기 때문이다.

머무름,
그것이 시야(視野)며
시선(視線)이다.

끝점에 다다르지 않은 물은
멈춤이 없고

성장하는 나무는
자신의 껍질을 끝없이 벗으며

향하는 자의 시선은
앞을 향해 동공이 열려 있다.

의식과 시선이 멈춘 곳
그것이
보는 자의 시야며, 관심사다.

시야는 열려 있으나
머무름은 보는 자의 안목이며
의식의 초점이 시야 안에 머무르면
시야 밖을 인식하지 못한다.

시선이
시야 밖을 향하면
시야 안보다 시야 밖이 무한하여
시야가 자신의 한계임을 느끼게 된다.

시선이 흐르는 곳에
관심과 의식의 초점이 머문다.

시선이 시야 밖을 향한 자는
관심과 의식이 시야 안에 머무르지 않고
무한 시야 밖을 향해 의식의 동공이 열려 있다.

눈은 보라고 있고
새의 날개는 날아라고 있고
개미의 다리는 작아도 움직이라고 있고
고기의 지느러미는 헤엄치라고 있고
사고의 기능은 생각하라고 있고
사고는 지금 상태를 벗어나도록
열려 있는 것이다.

초점은
생각이 머문 곳이며

시선(視線)은
의식이 흐르는 곳이다.

만남

삶 속에
얼굴이 다르고, 생각이 각각인
다양한 취향의 사람을 만나고
스치게 된다.

그러나 세월이 흘러도
그 사람의 향기가
가슴에 남아 있는 사람은 흔치 않다.

만남 속에
언행과 모습, 마음 씀이
그 사람의 인격과 됨됨이
사고와 정신, 삶의 모습을 보게 된다.

사람의 만남은
어떤 일면이든 참으로 중요하다.

삶의 기쁨과 보람은
사람의 관계에서 얻어진다.

서로 존중하고
가식 없는 진실한 만남과 대화는
서로 유익하고
인간관계와 삶을 밝게 하는 힘이다.

상대 인격을 존중하지 않고
거짓과 가식으로 대하면
자신 인격과 가치를 상실할 뿐 아니라
사람과 사회관계 속에서
자기 존재감을 잃는 결과를 초래하게 된다.

자신의 인격과 가치는
삶의 정신과 생활 습관으로 비롯되며
상대를 존중하는 인격을 갖추지 않으면
관계된 사회로부터 소외당하게 된다.

인격의 가치는
자기 관리와 인간관계로 비롯되며
상대를 존중하고
거짓과 가식 없는 진솔함이

신뢰와 믿음
인격의 가치를 더하게 된다.

삶에서
소중한 것 중 하나는
만남이다.

만남이 소중함은
인간관계로 사고의 변화와 삶의 관계개선
삶의 지식과 배움에 의한 삶의 가치와 행복
다양한 자기 가치와 삶의 개발의 계기
사고의 변화와 흐르는 운명 삶의 물꼬를 트며
삶의 가치와 안목을 여는
동기부여가 되기 때문이다.

만남은 곧
삶의 새 장을 여는 새벽과 같다.

삶은 만남의 장이며
삶의 가치는 관계의 가치며
삶이 소중함은 관계의 소중함이며
만남의 관계가 중요한 것은
삶의 가치와 행복이 그 속에 있기 때문이다.

좋은 만남은
자기 발전과 인간관계 개선과 교류

삶의 가치를 더하는 계기가 된다.

만남의 관계는
상대를 존중하는 성숙한 인격과
지혜로운 자기 관리와
상대를 배려하는
진실한 마음과 자세가 중요하다.

만남은
자기 관리의 선택에 의해
삶의 의미를 창출하고
가치 있는 인간관계와 사회적 가치의
삶과 운명을 이끌고 개척하는 것이다.

삶은 만남 속에
흐르는 운명을 선택하고 결정해야 할
결정적 운명의 순간과 항상 맞닿게 된다.

만남은
자신이 선택한
삶과 운명의 흐름이며, 과정이며, 모습이다.

만남
그것에 삶의 가치와 선택, 운명의 흐름인
동기가 있다.

자신이 지금
어디에 서 있든, 그것은
동기를 부여한 결과며 선택의 결실이다.

내일,
또 누구를 만나든
자신의 인생과 운명이 흐르는 결정의 순간과
맞닿게 된다.

그것이
삶이며, 인생이며, 만남이다.

눈물

사람에겐
눈물이 있다.

눈물은
절대 자기 정감(自己情感)이다.

감성과 감정의 진실이 녹아 흐르는
몸의 언어 눈물

그러나 자신을 감추는
거짓과 가식의 눈물도 있다.

진실한 열정의 삶을 모르는 사람은
눈물의 가치를 모를 수도 있다.

진실한 열정의 결정체는
그것이 사랑이든 성공이든 삶이든
뜨거운 눈물의 진실한 열정이 가슴에 있었기에
그 가치가 아름다운 것이다.

가슴의 진실이, 열정이
자아의 울림 영혼의 떨림이
몸의 언어 되어 흐를 때
그 눈물은
혼을 정화하고 삶을 승화하게 한다.

열정은
자아를 진실하게 하지만

남을 의식한 눈물은
의식이 이원화된
자신을 속이는 가식이며, 연출일 뿐이다.

자아의 울림인
눈물은
순수 감성자각 혼의 파동
생명의 떨림이다.

웃음과 심리

그립고 보고픈 사람을 만나면
그 기쁨은 가슴 깊은 자아 중심에서 피어올라
눈에는 감출 수 없는 기쁨이 가득 차 흐르고
입가엔 정 담은 미소가 밝게 피어나며
가슴에 솟구친 기쁨의 정은
온몸과 마음에 가득 피어오른다.

아름다운 꽃을 보면
감성에서 이완의 기쁨이 피어올라
눈빛은 맑으며 조용히 빛나고
입은 이완의 기쁨이 잔잔하며
눈과 입은 잔물결처럼 잔잔한 기쁨의 감성이
미소로 피어나
마음이 평온하고 순수해진다.

착한 행동을 하는 사람을 보면
이성(理性)의 본성 순화력에 의해
자연긍정 순화의 웃음이 피어오르며
마음이 더불어 순해진다.

격식을 갖추며 존중하게 대하는 사람을 보면
자아의식에서 겸손한 미소가 피어올라
마음이 침착해진다.

예의를 갖춰야 할 사람을 보면
격식과 마음 챙김의 작용으로
격에 의한 생기 없는 웃음이 입가에 돌며
진실 없는 행동이 분주해진다.

어리석은 사람을 보면
눈가에 웃음이 멈추며
가슴에 측은한 마음이 일어난다.

무례한 미운 행동을 하는 사람을 보면
몸과 마음이 굳어지며
웃음의 씨알이 사라진다.

거짓과 가식적인 사람을 만나면
마음에 빗장을 걸고
진실 없는 이야기에 마음 빈 웃음 주며
눈웃음 잃은 얕은 웃음을 웃는다.

비굴하거나 야비한 사람을 보면
얼굴에 웃음이 사라지며
가까이할 수 없는 사람임을 알아
입가에 쓴웃음이 드리운다.

숨기고 감춤이 있는 웃음은
눈은 상대를 살피고
깊지 않은 웃음이 몸 안으로 말려 들어가며
괜히 생뚱맞게 횡설수설 필요 없는 말로
상대의 마음을 흐리게 한다.

기쁨이 쏟아지는 통쾌한 웃음은
통쾌한 순간 생각이 찰나 이완되며
몸은 자연 방심으로
마음과 몸의 정체가 풀리는
온몸 파동의 생기 웃음을 웃는다.

진실한 웃음은
마음 동요로 가슴 깊이에서 피어나
눈의 동공은 이완의 빛이 드리우며
얼굴 전체, 몸 전체 피어나는
자연스런 웃음이며

거짓 웃음은
마음의 동요나 움직임 없어
눈빛이 웃음없는
부자연스런 얼굴의 피부와 근육만 움직이는
마른 웃음이다.

웃음의 소리도
진실과 가식과 거짓에 따라

음색과 소리가 다르다.

웃음은
감성과 감정과 이성(理性)의 반응으로
몸의 생리를 따라
의식 생리반응이 나타남이며

의식이 투영된 몸의 언어
자연스레 묻어나는 마음의 현상이다.

웃음은
무형인 마음이 표출된
의식에 의한
몸의 자연스런 생리현상이다.

아픔

소나무는 소나무의 삶을 살고
대나무는 대나무의 삶을 산다.

박꽃은 박꽃의 삶을 살고
초롱꽃은 초롱꽃의 삶을 산다.

하늘은 끝이 없고
해와 달은 밝게 비추며
하나의 세상을 이루어 흐른다.

무엇이 어떻게 흘렀건
흘러간 삶에 미련은 없으나
누구든 아픔 없는 삶은 없다.

돌이키는 아픔이 깊을수록
삶에 대한 깊은 눈을 뜨고
흘러간 시간을 되돌릴 수 없는 것이
가슴에 아픔으로 남아
삶에 대한 사유가 더 깊어진다.

이 아픔이
마음을 성숙하게 하고
삶을 정화하며
깊은 아픔의 자각은 미숙한 껍질을 벗고
의식은 새롭게 태어난다.

돌

돌은
살아 있거나
숨을 쉬지 않는다.

그러나
장인을 만나면
돌이라도 살아 숨쉬는 작품으로
탄생한다.

어떤 돌은
장인을 만나지 않아도
그 모습 그대로
살아 있는 작품인 돌도 있다.

돌도
돌의 특성에 따라
장인을 만나 다시 태어나기도 하고
장인의 힘을 빌리지 않아도
그대로 가치를 지닌 돌이 있다.

돌도
천하제일의 장인이라도
되지 않는 돌이 있다.

돌이라고
다 같은 돌이 아니다.

돌도
돌 나름이다.

학과 참새

학(鶴)은 학의 눈을 가지고 있고
참새는 참새의 눈을 가지고 있다.

학은 학의 눈으로 세상을 보고
참새는 참새의 눈으로 세상을 본다.

학은 학의 생각을 하고
참새는 참새의 생각을 한다.

학은 학의 소리를 내고
참새는 참새의 소리를 낸다.

학은 학의 걸음을 걷고
참새는 참새의 걸음을 걷는다.

학은 학의 알을 낳고
참새는 참새의 알을 낳는다.

학의 새끼는 학을 따르고
참새의 새끼는 참새를 따른다.

학은 학의 모습으로 살고
참새는 참새의 모습으로 산다.

풀벌레는 풀에서 평안을 얻고
물고기는 물에서 평안을 얻는다.

날개 있는 것은 날개로 다니고
다리가 있는 것은 다리로 다니고
다리 없는 것은 기어 다닌다.

산 줄기를 따라
높은 산도 있고 낮은 산도 있다.

물속에 줄기를 뻗어 핀 수련도
바위틈에 뿌리내린 석란도
그 모습 그대로 자기 모습이다.

산(山)

높은 산은
홀로 그렇게 우뚝 있을 뿐이다.

그러나 만인은 그 산에 대해
이러저러한 생각과 이야기를 한다.

산은 높아야 좋은 것도 아니고
그렇다고 낮아야 좋은 것도 아니다.

높아도 이름없는 산이 있고
낮아도 이름있는 명산이 있다.

명산이라 하여 이름만 있을 뿐
이름값을 못하는 산이 있고

이름없는 산도
아름답고 기운이 살아 있는 산이 있다.

사람이든 산이든 무엇이든
밝은 기운과 더불어

살아 있어야 한다.

기운이 맑고
성품과 기질이 살아 고귀하며
모습이 아름답거나 웅장하고
상서로움을 더한다면 더할 나위 없는 명산이다.

그렇지 못해도 자기 나름 것 모습을 갖추고
밝은 기운을 가지고 있으면
명산이다.

이름이 알려져 명산이라 불리는 산도 있고
이름 없으나 명산의 면모를 갖춘 산도 있다.

그러나 어떤 산이든 자기의 역할을 다 하고
그 자리엔 그 산이 명산이며 제격이다.

낮은 산은
자기의 역할을 다할 뿐
큰 산을 마음에 두거나 시기하지 않고

높은 산은 생각 없이
홀로 그렇게 우뚝 있을 뿐이다.

산은 무심히 그저 그렇게 있을 뿐인데
탓하길 좋아하는 사람은
이 산은 이렇고 저 산은 저렇고
자기 산[我山]은 보지 않고
그저 그렇게 있는 산을
이러쿵저러쿵한다.

돈

돈 때문에 이렇게 살고
돈 때문에 저렇게 산다.

돈 때문에 사랑을 얻고
돈 때문에 사랑을 잃는다.

돈 때문에 명예를 얻고
돈 때문에 명예를 잃는다.

돈 때문에 목숨을 구하고
돈 때문에 목숨을 잃는다.

돈 때문에 행복하고
돈 때문에 불행하다.

돈 때문에 부귀영화를 누리고
돈 때문에 박복 빈천하다.

돈 때문에 즐겁고
돈 때문에 고통스럽다.

돈 때문에 돋보이고
돈 때문에 초라하다.

돈 때문에 출세하고
돈 때문에 출세 못한다.

돈 때문에 이름이 나고
돈 때문에 이름을 잃는다.

돈 때문에 잘살고
돈 때문에 못산다.

돈 때문에 흥하고
돈 때문에 망한다.

돈 때문에 건강하고
돈 때문에 병이 생긴다.

돈 때문에 큰소리치고
돈 때문에 큰소리 못 친다.

돈 때문에 거만하고
돈 때문에 굽실거린다.

돈 때문에 기가 살고
돈 때문에 기가 죽는다.

돈 때문에 목에 힘을 주고
돈 때문에 목에 힘을 못 준다.

돈 때문에 교만하고
돈 때문에 겸손해진다.

돈 때문에 호의호식하고
돈 때문에 끼니를 걱정한다.

돈 때문에 만나고
돈 때문에 헤어진다.

돈 때문에 선해지고
돈 때문에 악해진다.

돈 때문에 무엇이든 하고
돈 때문에 무엇이든 못한다.

돈 때문에 넉넉하고
돈 때문에 비참하다.

돈 때문에 이익을 보고
돈 때문에 손해를 본다.

돈 때문에 부러울 것 없고
돈 때문에 부럽다.

돈 때문에 웃고
돈 때문에 운다.

돈 때문에 고생을 모르고
돈 때문에 고생을 한다.

돈 때문에 잠 잘 자고
돈 때문에 잠 못 잔다.

돈 때문에 기쁘고
돈 때문에 슬프다.

돈 때문에 콧노래가 나오고
돈 때문에 팔자타령을 한다.

돈 때문에 친구가 많고
돈 때문에 친구가 없다.

돈 때문에 사람이 모이고
돈 때문에 사람이 떠난다.

돈 때문에 할 말 다하고
돈 때문에 할 말 다 못한다.

돈 때문에 사람 행세하고
돈 때문에 사람 구실 못한다.

돈 때문에 사람이 좋고
돈 때문에 사람이 겁난다.

돈 때문에 못나도 상관없고
돈 때문에 잘나도 별 볼 일 없다.

돈 때문에 당당하고
돈 때문에 비굴하다.

돈 때문에 성공하고
돈 때문에 실패한다.

돈 때문에 감사하고
돈 때문에 원망한다.

돈 때문에 좋아하고
돈 때문에 싫어한다.

돈 때문에 웃음이 그칠 날 없고
돈 때문에 눈물이 마를 날 없다.

돈 때문에 젊어지고
돈 때문에 다 늙는다.

돈 때문에 가까이하고
돈 때문에 멀리한다.

돈 때문에 얼굴을 내밀고
돈 때문에 얼굴을 못 내민다.

돈 때문에 대우를 받고
돈 때문에 대우를 못 받는다.

돈 때문에 누구든 환영하고
돈 때문에 누구든 멀리한다.

돈 때문에 한이 없고
돈 때문에 한이 맺힌다.

돈 때문에 시끄럽고
돈 때문에 조용하다.

돈 때문에 살맛 나고
돈 때문에 죽을 맛이다.

돈 때문에 살고
돈 때문에 죽는다.

돈 때문에 저런 생각도 하고
돈 때문에 이런 생각도 한다.

돈 때문에 저런 일도 있고
돈 때문에 이런 일도 있다.

돈 때문에 저런 사람도 있고
돈 때문에 이런 사람도 있다.

돈 때문에 저런 삶도 살고
돈 때문에 이런 삶도 산다.

돈 때문에 인생을 모르고
돈 때문에 인생을 배운다.

돈 잘 쓰면 약이 되고
돈 잘 못 쓰면 독이 된다.

그 사람이
얼마나 지혜롭고 현명한가는
돈 있는 것보다
돈 쓰는 것을 보면
그 사람의 가치와 인격과 마음가짐
삶의 처세와 지혜
어리석음과 현명함을 알 수가 있다.

가치

무엇이든 담는 그릇에 따라
그 가치가 달라 보이고
당체(當體)는 바뀜이 없으나
서로 어우름에 따라 가치와 세계가 달라진다.

소중한 것일수록 귀한 그릇에 담고
하잘것없는 것은 아무 그릇에나 담는다.

귀한 것이라도
하잘것없는 그릇에 담으면
하잘것없이 보이고

하잘것없는 것이라도
귀한 그릇에 담으면 귀하게 보인다.

이 세상에 무엇이든
어떤 것과 어우르느냐에 따라
가치와 세계가 달라진다.

귀한 것은 귀한 그릇에 담아야 하고

보잘것없는 것은 하잘것없는 그릇에 담아야
격을 잃지 않는다.

귀한 그릇은 귀한 것을 담아야
그 가치를 잃지 않고
하잘것없는 그릇에는 하잘것없는 것을 담아야
그 격을 잃지 않는다.

가치는 당체에도 있지만
어우름을 통해 형성되기도 한다.

귀한 것을 하잘것없는 그릇에 담았다 하여
하잘것없는 물건이 되는 것도 아니고
하잘것없는 것을 귀한 그릇에 담았다 하여
귀한 물건이 되는 것은 아니다.

또한, 귀하고 천함의 가치는
그 가치를 아는 사람이 있어야
정당한 가치를 인정받을 수 있다.

가치의 기준은
당체, 상호작용 그리고 필요성에 따라
형성되고 결정되는 것이니

귀한 것을 귀한 그릇에 담아도
그 가치를 아는 자가 있어야 그 가치가 정당하고

귀한 것을 귀한 그릇에 담아도
그 가치를 아는 자가 없으면
귀한 것도 그 가치를 인정받지 못한다.

가치를 아는 자에겐 귀하고 소중하나
그 가치를 모르는 사람에겐
특별하지를 않다.

세상에 귀한 것을 귀하게 보는 것도
경륜과 지혜가 있어야 하고
세상에 천한 것을 천하게 보는 것도
경륜과 지혜가 있어야 한다.

가치의 당체는
무엇에 관계없고 변함없으나
당체(當體)의 가치는 세상의 어우름에 따라
돋보이는 것이다.

껍질(膜)

동식물 생명이 태어남은
생태적으로 껍질이나 막(膜)을 터트리고
나와야 하는 것이 많다.

껍질이나 막(膜)을 가진 생명체는
그 껍질을 터트리고 나와야 새 삶을 살 수 있다.

벗어야 할 껍질을 벗지 못하면
껍질 속에서 죽거나 껍질 속에 살아야 한다.

의식의 성장도
관념의 껍질을 벗어야
성장을 거듭할 수가 있다.

의식(意識)은
인식(認識)과 사고(思考)의 작용이다.

의식 성장은
수평적 양의 성장과
수직적 차원의 성장이 있다.

수평적 성장은 폭넓은 지식과 앎의 성장이며
수직적 성장은 현 의식 단계와
차원을 벗어나는 것이다.

자신의 의식 껍질을 벗지 못하면
수평적 지식은 쌓을 수 있어도
수직적 의식차원의 성장은 없다.

아무나 자신의 껍질을 알 수 없다.
성장을 위한 정신의식이 깨어났을 때
자신이 벗어야 할 껍질이 있음을 자각하게 된다.

자신이 벗어야 할 껍질을 인식해도
그 껍질층을 알 수 없다.

다만, 껍질을 벗고 나오므로
그 껍질층을 알 수가 있다.

모든 생명은
의식의 수준과 정신 차원이 차별이 있어
평등하지 않아
뭇 생명은 같은 시공간에 있어도
각각 다른 차별의식 속에 살아간다.

의식 성장을 추구하는 자만이

자신이 껍질 속에 있음을 자각할 수 있고
껍질을 벗고자 노력하는 자만이
그 껍질을 벗거나 깨트릴 수가 있다.

의식승화를 추구하지 않으면
자신이 껍질 속에 있음을 자각할 수 없다.

껍질 속 의식은
자기 관념에 갇힌 사고로
자기 관념에 얽매인 생각과 분별 속에
삶을 살게 된다.

껍질,
그것이 무엇이든 누구나 벗어야
새로운 삶을 살 수가 있다.

껍질 속에 있으면
자기 관념에 얽매어 분별하며
사물과 세계를 바르게 보는
밝은 안목과 지혜를 가질 수 없다.

껍질은
자기 관념에 얽매인
미완(未完)의 의식이며
자기 관념에 자신이 얽매이게 된다.

껍질을 다 벗어
미혹 없는 완전한 밝음
의식의 완전함에 이르기까지
왜곡된 장애의식을 벗어야 한다.

모든 미완(未完) 의식의 중심에는
나라는 관념이 굳어 있으며
나라는 의식은 미완의 중심 관념이며
일체 분별의 중심 의식이다.

의식과 나는 둘이 아니다.
의식이 나며, 관념에 내가 있으며
인식은 나라는 관념을 만든다.

이는
자기 관념에 물든 세계다.

나라는 인식과 관념은
나와 남을 구별하고
일체 시비와 고락의 근원이 된다.

껍질을 벗은
관념에 얽매임 없는 완전한 밝음
완전한 지혜의 행복세계

너와 나

꿈속에도 그리워하는
영원한 행복과 평화의 이상(理想) 세계
그 세계가
저기
발밑에
밝게 명료하게 보인다.

내가
벗어야 할 껍질을 벗으므로
갈 수 있는 곳

이기심,
욕심,
미워하는 마음으로
진실의 눈과 마음이 닫긴 자는
갈 수 없는 곳

의식의 미숙함을 벗어
마음이 열린 눈으로만
볼 수 있는 곳

진정 남을 사랑하는
마음이 열린 자들이 사는 곳
마음이 열린 사랑의 세계

내가 가겠다고

욕심으로 갈 수 있는 곳이 아니라
남을 사랑하는 마음이 열린 자만이
살 수 있는 곳

열린 마음
열린 정신
열린 사랑으로 사는 곳
이기심 없는 숭고한 정신이 열린 세계

그토록
많은 사람이 원하는
삶의 이상세계 낙원(樂園)
천국(天國), 극락(極樂)세계로 가는 길이
활짝 열려 있다.

가려는 사람은 많으나
그곳에서 살 수 있는 사람은
찾기가 어렵다.

자신은
그곳에 갈 것이고
그곳에서 자신은 살 수 있다고 생각하는
이것이 곧 남을 아프게 하는
이기심이다.

마음이 천국이면 천국에 갈 것이며

마음이 극락이면 극락에 갈 것이다.

마음이 자신의 껍질로 에워싸
이기심이 깨어지지 않는 자는
천국도
극락도 갈 수가 없다.

그것은
삶의 진정한 기쁨과 행복이 무엇인지
모르기 때문이며
남을 진실로 사랑할 수 있는
자신을 가꾸지 못했고
그러한 삶을 살지 않았기 때문이다.

낙원인 천국, 극락에 갈 욕심이 없어도
열린 정신, 열린 사랑 기쁨으로
남을 사랑하는
축복의 삶을 살고 있다면
그 사람은
천국, 극락보다 더 큰
축복을 베푸는
깨어있는 열린 정신의 삶을 살고 있다.

이상(理想)인 낙원은
사랑정신이 활짝 열린 사랑의 천국
사랑의 극락세계다.

아프다

보면 아픔이고
들어도 아픔이고
생각해도 마음이 아프다.

믿음과 진실이 상처받아도
멀리할 수 없는 사람들,

삶이란
사람과의 인연이며 교류인 것을

하루의 일과가
사람 속에 이루어지고
서로 얼굴을 대하는 삶의 일상들

인생은
사람과의 일이며

세상은
사람과의 삶인 것을

사람을 만나고 부딪히면서
언제부터인가
마음을 비운 수행자가 되어가고 있다.

믿음과 신뢰의 희망이
꿈이며, 환(幻)임을 느끼게 되고
자기를 감춘 분장을 한 연극
거짓과 가식의 탈을 쓴 연출
진실을 잃어버린 광대를 보다 보니
내 마음도 세월 속에
따뜻한 순수의 정이 아픔 속에 무디어진다.

아픔이다.
너도 아픔이고, 나도 아픔이다.
삶이, 세상이 아픔이다.

인심과 세상의 삶이 삭막할수록
누구에게나 마음의 순수와 평화가 필요하고
진실과 사랑이 절실하다.

이러한 때에
삶의 행복과 마음의 평화를 위해
세상을 평화롭게 할 또 다른 성인(聖人)이
필요하지 않을까?

어떤 성인(聖人)이든
하늘에서 내려오거나, 땅에서 솟아올라
이 세상에 오신 성인은 없다.

인간으로 태어나
의식이 깨어나고 정신이 두루 밝아
마음의 어둠을 일깨운 삶을 사신 분이
성인(聖人)이다.

지금,
성인(聖人)의 깨어 있는 의식,
두루 밝은 정신이
모든 이들의 마음과 정신 속에 피어나야 한다.

그것이 오직 자신을 구제하고

타인을 구제하며
평화로운 삶과 세상을 밝게 하는 유일한 길이다.

그러나 아직
어둠과 사념(邪念)의 생명은
순수한 사랑과 따뜻한 사랑의 정을 아프게 하고
자신의 순수 본연까지 잃어
탈이 자기의 모습이 되어버린 연극 속에
하루의 무대 위에 진실 없는 연극의 삶을 연출한다.

연출하는 자도 아픔이고
바라보는 자도 아픔이고
진실한 태양은 밝게 비추어도
하루의 무대, 세상과 삶이 아픔이다.

아프다.

숭고한 길

그 모습 상(相) 없고
티 없이
남을 위해 자신을 내어놓는
그 위대한 속성에
고개가 숙여진다.

물,
물이 소중함은
물이기 때문이 아니다.

상대를 위함에
자신을 상(相) 없고 티 없이 내어놓는
그 위대함의 속성에
물이 소중한 가치를 가지며
누구에게나 소중하고 귀한 존재다.

물은
마음 닦는 자에게
성숙함이란 무엇인가를 일깨우고,
지혜로운 사람에게

사랑은 어떤 것인가를 깨닫게 하며,
지각 있는 사람에게
삶은 어떻게 살아야 하는가를 자각하게 한다.

그것이 숭고한 삶이며
위대한 모습이며
존재의 소중함이며
없으면 안 될 유일한 가치며
생명처럼 귀중한 절대의 이유다.

물이 자신을 내어주지 않고
자기 맑음과 모습의 상(相)을 고집한다면
이 세상에 물이 존재해야 할 가치와
이유가 없다.

남에게 자신을 주지 않는 존재는
세상에 존재해야 할 이유와
공생의 가치가 없다.

물의 존재가 소중하고 절실한 것은
남에게 티 없이 자신을 주는 철저한 속성
그 위대함 때문이다.

생명이 태어나고 사라져도
물은 존재해야 한다.

왜냐면
그 속성의 위대함 때문에
모든 존재의 삶이 평안하고 안정되며
생명을 유지하기 때문이다.

지각이 열린 자는
물을 보며
배우고 느끼며 자각하는 수용의 깨우침이 있음은
물의 위대한 속성에
자신의 모습을 돌아보며
티 없는 무아(無我)의 도(道)에서
무한 승화의 정신을 열기 때문이다.

소중한 것

소중한 것은
상대적이기보다
극히 개인적이며 심리적이다.

이 세상 어느 것 하나
공생의 생태관계 속에서 소중하지 않은 것은
없다.

그러나
어느 것 하나 정(情) 주지 않으면
소중할 것이 없다.

보잘것없는 것이라도 정주거나 정들면
어느 것이라도
소중하고 귀한 것이 된다.

소중한 것은 가치의 세계에도 있지만
정(情)의 세계에도 있다.

소중한 것 그것이

가치의 세계에서는 상대적이지만
정(情)의 세계에서는 극히 개인적이며 심리적이다.

상대적이든 개인적이든
소중한 것 그 외의 것은 소중한 것이 아닐까?

소중한 것은 자기적(自己的)이지만
소중하지 않은 것 또한 자기적이다.

시선과 시야가 열릴수록
어느 것 하나 소중하지 않은 것이 없다.

시선과 시야가 닫혀 있으면
자신의 촉각을 전제한 것만 인식된다.

그러나 시선과 시야가 열리면
전체 속에 자신을 보게 되며
어느 것 하나 소중하지 않은 것은 없고
이 세상에 필요하지 않은 것은 없다.

단지,
필요하지 않은 것이 있다면 그것은
자신 외 소중하지 않은 시각일 뿐이다.

무엇을, 누구를 진정 소중하게 생각하는 것은
자신에게 소중하고 중요함도 있겠으나

그 속에 삶의 이유와 의미가 있고
홀로 삶의 무의미함 때문이다.

삶이 소중하고 의미 있음은
상대로 말미암아 비롯되며
삶이 소중함은 상대 존재에 있다.

삶과 행복이 소중하고
삶의 보람을 느끼는 것은
나 때문이 아니라
상대로 인한
삶의 보람과 가치 때문이다.

사랑 길

눈이 멀어 앞을 볼 수 없어도
너의 모습
머릿결 하나 잊어버릴 수 없고

귀먹어 들을 수 없어도
너의 음성
숨결 하나 잊어버릴 수 없으며

정신이 없어 나의 이름을 잊고
나 자신이 누군지 몰라도
너의 이름
너에 대한 생각을 잊어버릴 수가 없다.

호흡을 놓아 이 몸뚱이가 식어가도
너를 잊을 수 없고
너를 놓을 수 없는 것은
천륜(天倫)의 삶
오직, 사랑 길
한 사람
어머니기 때문이다.

아들아

아들아!
너는 내 삶의 꿈이며
희망이다.

너가 어릴 때에는
너의 눈망울을 바라보며 내 삶의 꿈을 꾸었고
삶의 아픔의 터널이 있었어도
너희들을 바라보며
다시 또 일어서는 용기를 가지게 되었다.
너에게 나의 존재는
너의 생명과 삶을 의지하는 땅이었지만
너는 내 삶의 생명이며 목적이었다.

이제 물길을 따라
세상의 대해(大海)에 합류한 생명이 되었으니
너가 어느 곳 어디에 머무르고
너에게 어떤 삶과 일이 주어져도
너 자신의 가치와 삶, 그리고
모든 이들과 그 사회를 위해
혼과 열정을 다하는 사람이 되어라.

욕심을 앞세우기보다 최선을 지향하며
남을 시기하여 앞지르는 비열함보다
너 자신의 가치와 능력을 기르며
남을 가볍게 보고 업신여김보다
항상 남을 존중하고 배려하는 따뜻함을 가진
매력 있는 중후한 자가 되어라.
남의 눈에만 들려고 가벼이 행동하지 말고
그자의 가슴에 남는 진실한 자가 되려고 노력하며
어떤 상황이든 두려움보다
태산을 넘어야 하는 큰 용기와 비범한 각오로
자신의 작은 굴레를 벗어버리고
물러날 수 없는 전쟁터에 선 대장군처럼
큰 웅지로 의로운 삶의 길에 신명(身命)을 다하며
어디에서나
어떤 상황이어도 비굴하게 행동하지 말고
너의 삶의 회고록을 생각하며
정의롭고 떳떳한 후회하지 않을 길을 선택하며
작은 이익을 탐하여 혀를 쓰지 말고
정당하고 바르며 대의(大義)로운 행을 하며
근심과 걱정, 망설임에 방황하기보다

항상 현명한 선택과 지혜를 쓰도록 노력해라.
사람은 천하고 귀함이 없으나
행동과 모습, 마음가짐은 천하고 귀함이 있으니
너 자신의 가치와 품격은
너의 행동과 마음가짐에 있으므로
언제나 스스로 교만하거나 자만하지 말고
항상 너의 의식을 너 가슴 진실에 머무르게 하여
정중히, 그리고 침착하게
너 자신을 표출하기 바란다.
가지치기를 하지 않은 나무는 아름다울 수가 없고
자신을 디자인하지 않는 사람은 멋있을 수가 없으며
정신을 성숙시키고 단련하지 않는 사람은
훌륭할 수가 없단다.
그러나 어떤 나무는 가지를 치지 않고
숱한 세월이 흘러도
자연스럽고 아름다운 고목이 된 것은
많은 세월의 아픔과 고난을 견뎌낸
인고의 아픔의 결정체란다.
삶에 대한 두려움과 망설임보다
큰 나무들을 보며 삶의 길을 터득하고 배우며
체질에 맞지 않아 동면에 드는 안일한 모습이거나
세월을 탓하며 울어대는 작은 풀벌레가 되지 말고
어둠 속에서도 스스로 깨어 있는 별처럼
항상 정신과 사고가 깨어 있는 선각자가 되어라.
삶은 영원한 것도 아니고
그렇다고 하루살이의 삶도 아니다.

허황한 욕망을 앞세움보다
지혜와 현명함의 최선을 다하는 꿈을 가지며
세상은 삶을 경영하는 밭이니
어떤 꿈을 가지든 그 꿈은 너 자신의 변화와
개선을 요구하는 길이다.
자신이 변하지 않으면 꿈은 이루어지지 않는단다.
언제나 현명함과 지혜로 옥석을 가리는 안목으로
자연의 모습에서 삶의 진리와 길을 터득하며
시야가 열린 정도에 따라 삶과 세상을 볼 수 있으니
열린 마음과 밝은 정신의 눈을 가지도록 노력해라.
너가 넘어야 할 산(山)과 적(敵)은 다름 아닌
너 자신이다.
모든 것은 자업자득이다.
자신 삶의 모든 원인과 결과는
자신으로부터 비롯된단다.
어리석은 사랑은 자신을 병들게 하고
지혜로운 사랑은 삶을 꽃피게 하는 것이니
사랑에도 절제된 현명함이 있기를 바란다.
너의 삶과 목숨, 너 자신만을 위한
소인의 길을 가지 말고
아들아!
무궁화의 나라
미래에 너의 후손들이 행복한 삶을 꿈꾸는 땅
너가 태어난 조국의 번영과 영광을 위해
한 송이 무궁화(無窮花)의 삶이 되어
다가오는 미래의 밝은 세상을 위해

너의 사명에 혼과 열정을 바치는
최선을 다하라.

언제나
진실과 정의를 존중하며
시야와 의식이 열린 무한 창조의 정신으로
너의 소신과 명(命)의 가치를 가진
삶을 살아라.

사랑하는 아들에게 어머니가

사람은

사람은
영감(靈感)이 있어야 한다.

영감이 있어야
영감을 가진 삶을 살고
눈의 현상 외에도 자연의 파동을 느끼며
삶의 밝은 예지를 가지고
영감을 따라 유형무형 무한차원의 세계를 열며
풍부한 정신감성이 열린 생명 파동을 따라
영감이 열린 무한창조의 삶을 살 수 있다.

영감이 없으면
몸의 촉각과 인식, 눈에 보이는 것에만
집착하게 되며
풍부한 감성과 영감의 삶을 살 수가 없다.

사람은
지혜가 있어야 한다.

지혜가 있어야
밝은 안목 지혜의 삶을 살고
무엇이든 귀함과 천함을 아는 안목을 가지며
선과 악을 명확히 구별하고
바르고 삿됨을 구분하며
가치의 차원과 높낮이를 분명히 알고
옳고 그름을 명확하게 구분하며
미혹의 삶을 살지 않고
최선의 이상을 추구하며
자신의 모습과 행동을 바로 보고
경솔한 언행을 하지 않는다.

지혜가 없으면
옳고 그름과 바른길을 모르고
세상에 천함과 귀함을 구별하지 못하며
남뿐만 아니라 자신까지도 보지 못하므로
밝은 안목이 없는 어리석은 삶을 살게 된다.

사람은
사랑이 있어야 한다.

사랑이 있어야
소중한 사랑의 삶을 살고
꿈을 가진 아름다운 정신의 삶을 살며

세상을 아름답게 보는 긍정적 시각을 가지고
삶의 미래와 꿈이 살아 숨쉬며
가슴에 더없는 사랑과 따뜻함이 피어나고
만나는 이 누구나 좋아하고 존경하며
삶이 외롭고 고독하지 않고
마음이 평화롭고 행복하며
삶이 남을 이롭게 하며 향기롭다.

사랑이 없으면
마음가짐이나 언행이 삭막하고 인색하며
누구나 싫어하며 멀리하고
삶이 외롭고 고독하며
자신 존재와 삶의 의미를 상실한다.

사람은
진실해야 한다.

진실해야
가치 있는 진정한 삶을 살고
가슴 뜨거운 정의의 삶을 살며
남을 존중하고 소중하게 생각하며
누구나 신뢰하고 존중하며
자신의 가치와 인격을 잃지 않고
누구에게나 진실하고 소중한 사람이 되며
언행이 믿음과 안정을 주고

행동이 거만하거나 교만하지 않으며
언제나 참된 삶을 살 수가 있다.

진실이 없으면
사람과 꿈을 잃고
누구나 신뢰 없어 무시하며
언제나 멀리하고 가까이하지 않는다.

사람은
용기가 있어야 한다,

용기가 있어야 성공할 수 있으며
스스로 비굴하지 않고
나약하지 않고 항상 꿋꿋하며
자신의 한계를 극복하고
좌절하거나 후회하지 않으며
어떤 고난과 역경도 넘을 수 있고
남을 탓하는 편협함과 원망하는 옹졸함이 없으며
대중을 이끄는 역량이 있고
자신과 남에게 용기와 희망을 줄 수가 있다.

용기가 없으면
나약하여 성공의지가 약하고
희망과 큰 뜻을 품지 못하며
자신의 잘못을 인정하거나 고치려 하지 않고

항상 남과 환경을 탓하고 원망하며
난관에는 언제나 비굴한 생각과 행동을 꾀하고
소극적이라 자신을 극복하는 도전을 하지 못하며
생각과 행동이 항상 옹졸하여 큰일을 할 수가 없다.

사람은
배움의 정신과 자세를 가져야 한다.

배움이란
나의 부족함을 일깨움이다.

배움의 정신과 자세가 있으면
끝없는 자기 성장과 상승을 하고
나보다 어리거나 못한 자에게도 배울 것이 있으며
누구를 보거나 어떤 상황에도 깨닫는 바가 있고
모든 이의 스승이 될 정신을 갖추며
항상 남을 존중하며 가볍게 보지 않고
마음은 항상 중도(中道)를 가지며
언제나 상대를 생각하는 눈높이를 가지고
마음이 너그럽고 남을 이해하는 인격을 갖추며
나를 앞세우지 않고 남을 대함에 평등심을 가지며
모든 이를 감싸고 사랑하는 큰 역량을 기르게 된다.

배움의 자세가 없으면
남을 인식하지 못하는 어리석음을 범하고

항상 교만하여 자신을 앞세우며
상대를 존중하는 마음을 가지지 못하고
항상 이기적이고 편협한 행동을 하며
세상과 배움의 세계가 넓고 큰 것을 모르고
항상 자신의 교만과 어리석음에 갇힌 삶을 산다.

사람은
품격을 갖추어야 한다.

품격을 갖추어야
배움과 인격에 걸맞은 모습과 당당함을 갖추며
스스로 인품과 품격을 더하게 되고
행동과 마음가짐이 격을 잃지 않으며
항상 멋과 기품과 품위를 손상하지 않고
누구나 함부로 업신여기지 않으며
남이 항상 존중하며 공경하고
대중과 남을 다스릴 수 있으며
삶의 질서를 바로 세울 수 있다.

품격을 갖추지 않으면
남이 나를 무시하고 업신여기며
배움과 인격이 손상되고
삶과 정신의 가치와 질서가 파괴된다.

사람은
겸손해야 한다.

겸손해야
자신의 오만과 교만함이 사라지고
가볍고 천박한 생각과 행동을 삼가며
인격과 배움이 돋보이고
말과 행동이 견실한 자가 되며
어디에서나 실수가 작고
남이 본받고 배울 점이 있으며
말과 행동이 가벼이 보이지 않고
상대와 자신의 인격을 존중하고 존중받으며
행위가 허술함이나 빈틈이 없고
남이 업신여기거나 함부로 대하지 못하며
누구나 존중하고 존경한다.

겸손함이 없으면
남을 생각함이 없고
말과 행동이 가볍고 경솔하며
자신을 다스리지 못한 미숙함이 드러나고
예의 없고 자기 다스림이 없어 천박하며
자신의 부족한 품성과 품격이 드러난다.

사람은
이상(理想)을 가져야 한다.

이상이 있어야
자기 발전을 위해 안일하지 않으며
현재 자신의 모습을 벗을 수 있고
보다 나은 삶을 살 수 있으며
항상 정신과 사고를 새롭게 하고
높은 곳을 향한 기개를 가지며
잘못 살아온 삶을 돌아보게 되고
꿈을 향한 정신과 용기를 가지며
가치를 추구하는 보람 있는 삶을 살고
자신보다 진정 앞선 자를 존중하며
자신의 부족한 안목을 기르고
운명을 극복하는 삶을 열게 된다.

이상이 없으면
어떤 사항에도 불평과 불만을 가지며
나태하고 꿈이 없어 안일하고 편안함만 찾으며
삶의 의식과 수준이 낮아지고
의식이 깨어나지 못해 삶의 가치에 관심이 없고
세월과 사람을 탓하며 삶과 시간을 허비한다.

사람은
경륜이 있어야 한다.

경륜이 있어야
생각이 깊고 침착하며

행동이 경솔하지 않아 심도(深度) 있고
남을 생각하고 이해하는 마음을 가지며
삶과 사항을 바로 보고
계획과 행동에 손실이 작으며
목적 달성의 시간을 앞당길 수 있고
어떤 상황에도 현명함을 잃지 않으며
일을 꾀함에 실수가 작고
항상 분명하고 명확한 판단을 한다.

경륜이 적으면
남을 이해하지 못하고
판단과 행동에 실수가 잦으며
문제 해결의 능력이 부족하고
계획에 차질이 많으며
목적 달성의 지름길을 놓치고
예기치 못한 사항에 대처하지 못하며
매사에 의욕만 앞세울 뿐
자신의 부족함을 돌아보지 못한다.

사람은
고정관념을 버려야 한다.

고정관념을 가지면
무한 능력과 꿈을 포기하게 되고
계획하기도 전에 불가능을 생각하며

현재 속에 자신과 남을 집착하고
자신이 모르는 어리석음 속에 살며
해보지 않고 결과에 부정적이고
불가능한 이유와 변명의 논리를 앞세우며
시간이 흘러도 인식이 새롭게 깨어나지 못하고
관념에 얽매어 창조 의식이 없으며
고정관념의 자승자박 관념의 틀인
자기 테두리 안에서 전전긍긍하며 맴돈다.

고정관념을 버리면
열린 의식과
무한 창조 정신이 열려
무한 사유와 무한 가능성을 가지고
무한 창조 의지로 새로운 세계를 열게 된다.

세상에 훌륭한 이름을 남겼거나
성공한 모든 사람의 정신과 노력은
자신의 고정관념을 벗는 것에 매달렸다.

모든 사람의 성공과 성취,
완성은

자신의 관념을 벗어버린
고정관념을 넘어선 그곳에서 절정을 이룬
결과물이다.

그 결과물은
한계를 극복한 결과물이며
결정적 고정관념을 벗어난 결정체로
자신을 극복한 결과의 결실이다.

관점과 시각

무엇이든 보고 생각하는 것에는
보는 자의 시각 차별에 따라 다르다.

보는 자의 시각에 따라 다른 것은
보는 자의 주관적인 생각과 관점
인식과 시각의 차별 때문이다.

사물이든 상황이든
사람마다 생각하는 관점과 시각이 달라
각자 다양하고 색다르게 볼 수가 있다.

누구나 무엇을 보든
자기의 주관적 시각으로 보게 되는 것은
무엇이든 자기의 의식에 투영된
현상이기 때문이다.

한 사물을 가운데 두고
여러 사람이 둥글게 둘러앉자
그 사물을 볼 때에는 각각 보는 시각이 다르므로
다르게 인식할 수 있다.

그러나 같은 방향에서 여러 사람이 사물을 보아도
각각 다양한 주관적 관점에서 보게 된다.

주관적 관점과 시각의 차이는
개인의 성향, 지식, 습관, 환경, 감정, 기억,
경험, 영감 등에 의해
개인의 주관적 의식이 투영되고 반영되는 것이다.

무엇이든 그것을 보는 인식은
주관적인 시각과 관점일 뿐
다양한 전체적 모습이라고 할 수가 없다.

주관적 관점은 한 시각적 관점일 수도 있으므로
다각적 특성을 놓칠 수도 있다.

사물과 일에 대한 것도 그렇겠지만
특히 자신이나 상대에 대한 인식의 시각은
개인적 관계와 자기주의적 인식성향과
사회적 환경과 잘못된 정보에 의해
많은 오류와 왜곡된 인식을 할 수도 있다.

사람은 무엇보다 다양한 성향과
다각적 특성을 지니고 있으므로
어느 관점과 시각에서 보이는 것으로만
그 사람을 판단하거나 평가할 수가 없다.

자기 자신에 대해 알고 있는 것도
다를 바 없다.

세상에서 자신을 제일 잘 아는 사람은
자기 자신이라고 생각할 수가 있다.

그러나 이것은 자신 시각의 생각일 뿐이다.

누구나 자신에 대해 잘 아는 부분도 있으나
자신에 대해 남보다 모르는 부분도 있다.

자신에 대해 타인의 시각을 가질 수 없으므로
오히려 자신에 대해 인식하지 못하는
객관적인 부분이 있을 수가 있다.

자신에 대해 인식하지 못하는 부분이
자신의 장점을 모를 수도 있고
자신의 무한 가능성을 모를 수도 있으며
자신의 특성을 인식 못 할 수도 있고
자신의 역량과 능력을 모를 수도 있다.

또한,
자신이 개선해야 할 단점과 습관
객관적 문제점을 인식 못 할 수도 있다.

무엇이든

관점과 시각이 왜 필요하고 왜 중요할까?

관점과 시각은
세상과 삶을 보는 눈이며
무엇이든 판단하고 결정하는 시각이며
삶을 경영하는 안목이기 때문이다.

삶은 자신의 주관적 관점과 시각의 영향에 따라
판단하고 결정하는 방향으로
일, 상황, 행위, 삶의 방향, 결과와 운명이
결정된다.

관점과 시각은
자신의 삶과 운명을 선택하고 결정하는 안목이다.

자신의 관점과 시각에 따라 선택한 삶과 행위가
바람직하기도 하고 잘못되기도 하고
그 결과가 행복하기도 하고 불행하기도 하고
장래가 밝기도 하고 장래가 어둡기도 하다.

누구나 지금 어디에 있든
어떤 상황이든 그것은
자신의 관점과 시각이 선택하고 결정한
길이며 운명이다.

누구나 다가올 미래의 운명은

주어진 상황에 자신의 관점과 시각의 판단이
결정하게 된다.

그 길이 행복이든 불행이든, 밝음이든 어둠이든
운명을 논하고 탓함보다
자신의 안목과 관점을 일깨우고
현명하고 지혜로운 판단과 결정을 해야 한다.

지난 삶은 되돌릴 수 없고
인생은 돌아오지 않는 시간 삶의 흐름이니
잘못된 관점과 시각의 행위와 결정은
시간이 지나면 후회해도 되돌릴 수 없는
결과와 아픔을 남기게 된다.

관점과 시각은
행위와 삶을 선택하고
삶의 운명을 결정하는 눈이다.

무지(無知)

무지(無知)는
모른다, 앎이 없다는 뜻이다.

무지(無知)에
이상(理想) 추구의 지각 있는 심성들이
걸려 있거나 멈춰 있다.

무지 (無知)는
예의 없거나 배움 없는 무식함을
지칭하기도 하나
무지는 보는 자의 식견 차원에 따라 다르다.

앎을 추구하지 않는 사람에게는
무지를 인식하지 못한다.

앎의 추구에는 반드시 무지와 맞닿게 되며
맞닿는 무지는 뚫어야 할 몫으로
의지와 열정을 더하게 된다.

무지는

그냥 맞닿는 것이 아니다.
앎을 추구하는 노력으로 맞닿게 된다.

무지는 앎이 닿지 않는 것
앎을 넘어선 시야 밖 어둠이 무지다.

무지에 대한 관심과 추구력을 가진 자에겐
해결해야 할 직면한 과제며 몫이다.

맞닿는 무지는
앎에 대한 추구력을 갖게 하고
알고자 하는 끌림인 묘한 매력을 지닌다.

이 매력은 무심한 마음에
관심과 열정을 불러일으킨다.

무지는 왜 맞닿게 되는가?
추구하는 앎이 막힘으로
앎이 미치지 않는 무지와 맞닿게 된다.

무지는 앎을 일깨우는 과제며
앎과 지혜로 통하는 관문이다.

무엇이든 길을 찾는 과정에선
무지와 직면하게 되며
직면한 무지는 뚫어야 할 몫이다.

무지는
앎으로 가는 통로니
뚫어야 할 관문이며 극복해야 할 장애며
밝혀야 할 어둠이다.

앎은
지식과 지혜와 정안(正眼)이다.

삶에는
필요한 지식이 있어야 하며
의식이 밝게 깨어나기 위해서는
사물과 세상을 보는 밝은 지혜가 필요하며
행(行)과 사(事)에 현명한
바른 안목이 있어야 한다.

지각이 열린 자는 무엇을 봐도 앎이 열리고
지각이 닫긴 자는 무엇을 봐도
앎이 열리지 않는다.

앎에도 가치와 차원이 있듯
무지를 향한 지각(知覺)에도 가치와 차원이 있다.

무지(無知), 그것이 어떤 무지냐가 관건이다.

앎의 궁극을 넘어선
지(知)와 식(識)이 끊어진

최상의 밝음 티 없는 무지(無知)도 있다.

앎이 끊어져
텅 비어 밝음뿐
지(知)와 식(識)이 끊어진 무지(無知)니
무지(無知)는 마음성품의 밝음으로
세상 만물 만사가 다 비친다.

세상은 심량(心量)과 지혜의 그릇 따라
재량껏, 역량껏, 차원껏 세상 앎을 담아 산다.

행복과 가치

행복은 행복이며 가치는 가치다.
행복과 가치는 관점이 다르다.

행복은 기쁨과 만족이며
가치는 역량과 중요성이다.

행복하다고 모두 가치 있는 것은 아니며
가치 없다고 행복하지 않은 것은 아니다.

행복과 가치도
주관적인 것과 객관적인 것이 있다.

주관적인 것은
자기 관점에서 느끼며 생각하고 판단하는 것이며

객관적인 것은
타의나 사회적 관점에서 느끼고 생각하며
판단하는 것이다.

주관적인 행복과 가치는

자기 스스로 긍정하고 인정하는 행복과 가치며

객관적인 행복과 가치는
객관적인 관점에서 행복과 가치를 평가함이다.

주관적인 행복과 가치가
객관적으로 긍정이나 부정적일 수도 있고
객관적인 행복과 가치가
주관적으로 긍정이나 부정적일 수도 있다.

행복은 만족과 안정과 기쁨이며
가치는 수준과 역량과 차원이다.

행복은
가슴의 감성으로 느끼고
크고 적음의 심리적 양(量)으로 차별을 느낀다.

가치는
머리의 지성으로 판단하고 역량을 도출하며
수준과 차원의 높낮이 지성과 역량적 평가를 한다.

어떤 행복이어도
그 행복에 만족할 수 없고
머무를 수 없는 것은 욕망과 가치 때문이다.

욕망은 부족함을 벗으려는 욕구를 가지며

가치는 욕망을 갖게 하는 대상이 된다.

가치는 행복의 인식과 수준을 상승하게 하고
높은 이상의 행복을 추구하게 한다.

삶 속의 행복은
부족 없는 절대 행복이 아니므로
절대의 가치를 가지지 못한다.

마음의 욕구는
절대 가치에 대한 궁극의 이상을 가지며
절대 행복을 추구하게 된다.

절대 가치의 행복이 아니면
어떤 행복을 얻어도 그 행복에 만족할 수 없다.

더 이상의 행복을 추구할 수 없을 때에는
만족하지 못하나 그 사항을 행복으로 수용하며
더 이상의 것을 포기하게 된다.

인간만 행복을 아는 것이 아니다.
다른 동물과 생명체도 행복을 안다.

안정과 만족에 이상이 있거나 무너지면
어느 생명체든 불안과 불만을 가지며
그 불안과 불만을 해결하고자 하는 욕구를 가진다.

그러나 지각 있는 사람은
동물의 만족과 행복을 부러워하거나
지각이 낮은 생명체의 행복을 원하지 않는다.

그것은 지각이 낮은 생명체의 행복과
인간 행복가치의 차별을 알기 때문이다.

지각이 낮을수록
촉각에 의한 단순한 만족의 행복을 추구하며
지각이 높을수록
지적 추구에 의한 이상(理想)의 행복을 추구한다.

어떤 행복이든
수고로움과 인내의 노력과 열정 없이
그냥 주어지는 것은 아니다.

열정과 노력은 행복의 밑거름이며
행복추구의 길이 수고롭고 어려워도
그 수고가 행복의 소중함을 일깨우고
보람과 가치를 더하게 된다.

인내와 수고를 멀리하고 편안함만 찾으면
상황에 적응하는 삶을 살뿐
자의적 행복을 얻을 수가 없고
가치를 위한 길은 그것이 무엇이든
반드시 자신의 한계를 극복하는

과정을 선택하게 된다.

행복과 가치를 위한 삶에는
자기 발전과 성장을 기본으로 하며
자신의 변화와 개혁 없이는
행복이든 가치든 성공이든 기쁨이든 없다.

모든 것은
자신의 자각적 노력과 성장에 의한 결과다.

행복하려면
삶의 통찰에 의한 감사와 지혜가 있어야 한다.

가치를 추구하려면
가치에 명료한 밝은 안목과 실천이 있어야 한다.

이상은
자신 한계의 역량을 넘어선 곳에 있기에
자신의 변화와 개혁을 통해
이상을 실현할 수 있다.

손만 뻗치면 구할 수 있는 것은
이상이 아니다.

이상은 한계와 역량을 넘어선 가치가 있기에
이상을 가지는 것이다.

이상은 삶의 상황 최대의 가치며
지향하는 현실의 최고의 행복이다.

삶은 행복을 추구하는 것 같아도
가치에 의미를 둔 노력이다.

가치를 추구하는 사람도
마음의 진정한 평화와 행복을 바란다.

그것은 행복에 가치가 있고
가치에 행복이 있기 때문이다.

안목에 따라
행복과 삶의 가치가 차별이 있으니
안목이 열림의 차원에 따라
더 높은 가치의 행복을 추구하게 된다.

삶의 끊임없는 변화는
만족과 행복과 평화를 흩트리므로
끝없는 모래성을 쌓으며
누구나 무너지지 않는 행복과 가치를 꿈꾼다.

그렇게 그렇게 삶을 배우고 느끼며
삶이 저물도록
삶의 실상 오미(五味)를 알아가는 것이다.

가치는 삶의 욕구를 갖게 하고
행복은 삶의 기쁨을 준다.

행복을 갈망하고 가치를 추구하며
세월의 흐름도 잊고 살다
홀연히 모습이 허물어진 자신을 돌아보며

눈 어두워 행복을 놓치고
가치를 모르고 산 인생의 시간이
뜬구름처럼 지나가 버렸으니

가치와 행복은
먼 미래에 있는 것이 아니고
상대에게 절실히 필요한 존재가 됨이 가치며
사랑이 있는 삶이 행복임을
무심했던 순간과 소중했든 시간을 놓쳐버린 뒤에야
비로소 깨닫게 된다.

문(門)

문(門)은
출입하는 자는
반드시 거치는 곳이다.

안에 있는 자도 나오려면
문을 거쳐야 하고
밖에 있는 자도 들어가려면
문을 거쳐야 한다.

그러나
굳게 닫혀 있어도
들어가야 할 문이 있고
활짝 열려 있어도
들어가지 말아야 할 문이 있다.

들어가야 할 문과
들어가지 말아야 할 문을 아는 것이
경륜이며 현명함이며 지혜다.

경륜과 현명함과 지혜가 있어야

들어가야 할 문과
들어가지 말아야 할 문을 구별할 수가 있다.

문(門),
그 하나에
경륜과 지혜와 현명함이 드러난다.

문은
누구나 어디에나
눈과 귀를 쓰는 그곳에 있다.

그 문이
들어가야 할 문인가
들어가지 말아야 할 문인가를 밝게 앎은
경륜과 지혜와 현명함에 있다.

현명하며
경륜이 뛰어나고
지혜가 밝아도 알 수 없는 문이 있으니
그 문은

자신의 어리석음을 보는 문과
어리석음을 벗는 문이다.

열 문을 알면 닫을 문도 알고
닫을 문을 모르면 열 문도 모른다.

지혜가 밝으면
모든 사람이 드나드는 문이 보이고
열 문과 닫을 문이 명료하여
닫을 문은 닫고
열 문은 활짝 열어놓고 있다.

문(門),
그것은 모든 사람의 일행(一行)
그 자체다.

빗장

빗장을 잠글 때는
바람구멍 빈틈없이 철저히 잠가야 한다.

빗장을 풀 때에는
티끌 한 점 걸림 없이 통하도록
완전히 열어야 한다.

빗장의 묘리(妙理)는
자신을 다스리는 지혜와 정신에 있으며
경륜을 쌓을수록
빗장 관리를 철저히 한다.

밝음이 들 때에는
빗장을 풀어 밝음이 들도록
걸림이 없게 하고

어둠이 들 때는
빗장을 철저히 잠그고
안팎의 통함을 차단해야 한다.

생각이 작고 부족한 자는
적은 이익에도 빗장을 쉽게 풀고
아무리 의로워도 이익이 없으면
빗장을 굳게 잠근다.

생각이 밝고 큰 자는
큰 이로움도 의롭지 못하면
빗장을 더욱 굳게 잠그고
이익이 없어도 의로움이라면
잠긴 빗장을 활짝 열어
의로움의 길을 따른다.

옛 문헌에
소인은 이(利)를 따르고
대인은 의(義)를 따른다 함은
옛과 지금 없는
사람의 일이다.

인생

삶에는
기쁨도, 괴로움도
살갗을 에는 아픔도, 행복도 있다.

행복의 가치와 소중함에는
삶의 아픔과 고뇌가 있기 때문이다.

매서운 추위는
따뜻함의 감사를 알게 하고
고뇌와 아픔은
행복의 가치와 소중함을 일깨우며
깨닫게 한다.

아픔이 더할수록
행복이 소중함은 더 간절하고
고뇌가 깊을수록
행복의 가치를 더 깊게 자각한다.

무엇이든 소중함을 깨달았을 때
소중함의 가치를 알 수가 있다.

인생이란
아픔과 시련을 겪으면서
삶의 소중함이 무엇인가에 눈을 뜨게 된다.

무엇보다
소중한 것은 꿈과 미래가 아니라
예사로이 생각해 감사를 모르고 항상 잊고 사는
일상이다.

어느 순간
일상이 무너질 때
잊고 산 그것이 행복임을 깨닫게 된다.

무심히 잊고 사는 평범한 일상이
삶의 감사며 축복이고
그 소중함을 위하고자 노력함이
삶이며 꿈이다.

삶의 염원은
일상을 향한 사랑이며
인생은 일상에 바치는 열정이다.

옥(玉)과 석(石)

그것이 무엇이든
옥과 석을 가리는 바른 눈을 가져야 한다.

사람이든 사물이든
생각이든 행위든
글이든 말이든
보물이든 소중한 것이든
행복이든 기쁨이든
철학이든 진리든

눈과 귀에 보이는 것이든
눈과 귀에 보이지 않는 것이든

그것이 무엇이든
바른 안목의 눈에는
땅밑에서 하늘 끝에 이르기까지

그것이 무엇이든
옥(玉)과 석(石)을 벗어난 것은 없다.

행복과 환경

행복은
조건의 행복과 무조건의 행복이 있다.

조건의 행복은 심리와 환경의 행복이며
무조건의 행복은 심리와 환경을 초월한 행복이다.

조건의 행복은 유심(有心)의 행복이며
무조건의 행복은 무심(無心)의 행복이다.

세상 삶의 행복은 조건의 행복이며
초월에 의한 행복은 무조건의 행복이다.

심신의 상태와 삶의 상황 환경이
삶의 행복과 불행의 조건이 되며
삶은 편히 가만히 있고자 하여도
심신의 욕구와 상황의 변화에
편히 가만히 있을 수가 없다.

살아 있음은
상황과 여건에 끊임없이 적응해야 하는

생존의 작용이 따르게 된다.

누구나
원하는 것을 하므로 만족감과 행복감을 느끼며
가만히 있다고 하여 편안하거나 행복한 것은 아니다.

삶의 욕구와 이상을 향한 추구는
끊임없는 행위를 유발하고 요구하며
원하는 삶의 행위와 열정 속에
기쁨과 자기 존재의 자존감(自存感)을 찾고
자기 정체성을 가지게 된다.

심신의 생태는 주어진 여건 속에
끊임없는 생리순환의 생명작용을 하며
삶의 여건과 환경은
삶의 이상과 욕구를 유발하게 되고
욕구 해결을 위해 삶의 행위가 이루어진다.

살아 있다는 것은
생태적으로 가만히 있을 수 없고

적응하고 움직이고 느끼며 생각하고
심신의 생태적 삶과 환경적 작용을 하게 된다.

삶의 일상행복 욕구는
원하는 행위를 하며 만족한 결과를 얻고
심신의 평안과 삶의 만족을 원한다.

마음의 상태가 상황 따라 달라지겠으나
여건과 상황에 마음작용이 이루어지므로
마음작용과 삶의 상황을 따로 생각할 수가 없다.

바닷물은 고요해도 바람에 의해 파도가 일어나고
나뭇가지는 가만히 있어도 바람에 의해 흔들린다.

존재는 머묾 없는 상황의 흐름 속에 있고
상황은 존재를 작용하게 하며
존재는 변화하는 환경과 맞물려 있다.

행복을 위해 자기 다스림도 중요하겠으나
마음작용이 상황환경과 무관할 수 없으니
삶의 상황과 환경을 개선함으로
궁극적인 것은 아니나
현실적 상황안정과 삶의 평안을 얻을 수가 있다.

그러나 정신적 성숙과 열린 마음이 없으면
어떤 조건과 상황 속에도

만족할 수 없고 행복할 수가 없다.

정신적 성숙과 열린 마음이 있으면
부족함이 있는 사항 속에도
감사와 사랑 속에 행복할 수가 있다.

감사와 사랑이 없으면
물질의 풍요와 삶의 안정 속에서도
진정 행복할 수가 없다.

행복은 물질이 주는 것도 아니고
삶의 안정이 주는 것도 아니다.

행복은
감사와 사랑의 평안이다.

일상의 행복에도
감사의 열린 정신과
남을 사랑하는 열린 마음이 있어야 한다.

행복하려면
감사와 사랑하는 열린 마음과
마음안정을 유지하는 정신성숙이 있어야 한다.

감사할 것이 없거나 감사함을 모르는 것은
감사를 모르는 이기적인 마음이며

은혜 속에 존재하는 생명현실의 지각이 열림으로
자연과 공생사회의 은혜와 감사를 인식하며
무엇이든 당연하게 생각하는 이기적인 의식을 벗고
감사의 정신과 마음이 열리게 된다.

열린 마음은
은혜에 감사하는 성숙한 정신으로
남을 수용하고 배려하는 열린 마음이며

닫힌 마음은
은혜와 감사를 모르는 미숙한 의식으로
자신을 위한 세포적 이기심은 남을 아프게 하며
공생의 삶을 병들게 하는 배타적 마음이다.

행복의 조건 중
물질이나 환경적인 것보다
감사의 지각과 한 생명 정신이 열려야 한다.

감사의 지각(知覺)은
자연과 공생사회의 삶에 감사하는 마음과
지적 열린 정신이다.

한 생명 정신은
너와 내가 한 생명인 정신이다.

한 생명 정신은
의식이 깨어 있는 한 생명 우주정신이며
모두 한 생명인 참 생명 정신이며
은혜에 감사하는 축복정신이며
생명의 기쁨과 행복인 평화정신이다.

한 생명 정신이 있으면
어떤 고난이 있어도
서로 위하는 한 생명 정신의 따뜻한 나눔으로
기쁨과 행복이 피어날 수가 있다.

한 생명 열린 마음은
어떤 삶 속에서도
기쁨과 행복이 한 생명의식 그 속에 있다.

이것은
너와 나의 벽이 없는
마음이 열린 한 생명 정신이다.

삶의 아픔과 불행은
심신의 상태와 생태환경보다
한 생명 정신을 상실한 이기적인 마음 때문에
삶의 아픔과 불행을 더하게 된다.

도를 닦거나 마음을 닦는 자가 아니어도
세상을 보는 시야가 열리고

정신이 밝게 깨어 있는 자는
한 생명 정신 속에 삶의 행복이 있음을
자각하게 된다.

이것이 열린 정신이며
열린 마음이며, 열린 세상이다.

한 생명은
의식이 열린 깨어있는 자의
정신과 마음의 세계다.

구도자

삶의 길이 구도(求道)다.

삶의 길은
자신을 위한 해탈이 아니라
더불어 행복을 위한
또 다른 구도의 길이며, 삶이다.

도(道)란
자신과 이웃, 세상을 이롭게 하고
더불어 행복한 것 이것이
도의 이상(理想)이며, 모습이다.

자신만 이롭고
타인과 공생 사회에 이롭지 못하면
그 결과의 초래는
자신뿐 아니라 모두의 삶이 불행해진다.

삶의 길은
행복을 추구하는 구도의 삶이다.

구도는
행복을 위한 행위며
감사와 자기 정화의 행위며
생명을 사랑하는 행위다.

개인에 따라
행복을 추구하는 방법이 다르나
그 삶이 공생의 삶을 벗어나 있지 않고
공생의 행복을 위한 길이다.

마음의 갈증과 행복의 욕구는
마음 상태와 상황의 환경에 바탕을 두고 있다.

행복 지향은
삶의 희망과 미래를 꿈꾸게 하는
이상(理想)이다.

삶이란
꿈을 향한 길이다.
구도 또한 그 길을 벗어나 있지 않다.

꿈을 향한 구도의 궁극, 그 정점(頂點)은
본래 자기 시작의 근원으로 돌아오게 된다.

시작점이 끝점이라
시(始)와 종(終)이 맞물려도
시작점의 자기와 끝점에 도달한 자기는 다르다.

시작점에서 인식하는 시작점과
끝점에서 인식하는 시작점은 다르다.

시작점의 깨달음은
본래 자신이 괴로움의 실체임을 깨달음이며

끝점의 깨달음은
본래 자신이 행복의 실체임을 깨달음이다.

구도는
시작점에서 끝점에 이르는 과정이며
자신의 미혹을 걷어내어
참 자아에 눈뜸의 과정이다.

본래 자아가
절대 참 행복의 실체라는 것은
깨달은 자의 가르침이다.

참 행복을 추구하는
구도의 궁극 그 자리는
행복의 실체, 본래의 자기 자리다.

행복은
세속 자나 출가자 모두가
찾아 헤매는 구도의 행렬이 되게 한다.

행복의 길
괴로움 없는 궁극의 세계는
세속 자나 출가자의 삶의 정점(頂点)
하나로 귀결되는 삶의 구도며, 자기 순례의 길이다.

원력(願力)

누구나
꼭 성취해야 할 절실한 염원(念願)이 있다.
삶은 염원의 행위다.

삶의 지향성에 따른 다양한 현실추구와
정신적 다양한 차원의 세계와
도(道)의 무위(無爲) 궁극(窮極)에까지
다양한 차원의 성취를 위한 염원의 세계가 있다.

염원이 절실하고 간절한 정념(精念)이 깊어지면
응념(凝念) 응집(凝集)의 정신은
자신과 상황을 변화시키게 된다.

원력응념(願力凝念) 작용의 밀도(密度) 상태에 따라
성취가 빠르거나 늦어지며, 가능하거나 불가능해진다.

물질의 세계든 정신의 세계든
복덕(福德) 업(業)의 세계든
힘이 있어야 작용하고
힘의 세력에 따라 작용과 변화의 상태가 다르다.

염원 의지의 힘이 없으면 꿈은 막연한 생각일 뿐
자신과 상황을 변화시키며 이끌지 못한다.

원(願)을 성취함에는
간절한 염원의지의 힘은 자신을 변화시키고 이끌며
응념응집 밀도의 심력(心力)을 더함에 있다.

깊은 수행의 경계에서는
사(邪)와 혹(惑)을 파괴하고 이끌림을 멸(滅)하며
정진(精進) 응념응집 밀도는 밀밀하고 치밀하며
세밀하여 정밀한 밀도의 심력(心力)을 놓지 않는다.

간절하고 절실한 바람의지가 염원 (念願)이며
염원의지의 작용이 원력 (願力)이며
응념 (凝念) 심력 (心力)의 밀도(密度)를 더하는
행위가 정진력(精進力)이며
마음을 다스리고 정신을 이끌며
자신을 운용하는 자질이 근기 (根機)다.

원(願) 성취에 중요함은 염원의지(念願意志)며
염원의지를 따라 자신과 상황을 이끌고 변화시킨다.

자신을 냉철히 직시하는 절박함이 있으면
자신과 상황을 변화시키게 된다.
자신을 직시하는 깊은 자각의 울림이 없으면
해이하고 안일하며 나태하여 자기변화를 갈구하는

116

절실한 간절함이 일어나지 않는다.

냉철히 자기상황을 직시하는 깊은 자각의 울림은
안일하고 나태한 자신과 상황을 변화시키며
자기변화가 절실한 염원의지 노력의 먹이로
원(願)을 성취하게 된다.

성취는 자기개선과 변화의 노력을 먹이로 한 결과며
염원은 자기개선과 변화를 향한 성취 의지며
원력은 자기개선과 변화가 절박한 절실한 노력이다.

간절한 의지(意志)는 염원(念願)이 되고
절실한 노력은 원력(願力)이 되어
불퇴전(不退轉) 결과는 원(願)을 성취한다.

감사합니다

감사합니다.
감사합니다.
감사합니다.
이렇게 감사합니다. 해보면
참으로 감사하고 은혜요 축복이며
감사할 것이 많다.

그것을 깨달으면
감사함을 모르고 당연하게 생각하며 산 삶을
돌아보게 된다.

삶을 통찰하는 정신이 깨어 있지 않으면
항상 감사 속에 있어도 감사를 모른다.

무엇이든
당연한 것은 없다.

삶의 모든 것이 도움과 은혜임을 깨달으면
지금 이 순간도
감사의 삶임을 자각하게 된다.

삶,
그 자체가 은혜요 감사다.

살아 있음이
자연과 사람과 사회의 혜택 속에
도움받음의 은혜요 감사다.

어느 것 하나
내가 아니며, 내 것이 아니며
무엇 하나 내 것은 없다.

내 것이나 나라고 인식하고 있는 것 무엇 하나
내 것이 아니며
생명이든 육체든 나라고 생각하는 어느 것 하나도
도움과 은혜로 존재하며, 살아 있고
어느 것 무엇 하나
도움의 은혜와 혜택을 벗어났거나
도움과 은혜와 혜택에 의지하지 않은 것은
무엇이든 하나도 없다.

당연하게 생각하는 것
그것이 무엇이든 도움과 은혜와 혜택이므로
무엇 하나 당연한 것은 없다.

이 세상 어느 것 하나
생명이든 몸이든 그 외 무엇 하나
당연하게 생각해도
나를 위해 당연한 것은 없다.

당연하게 생각하는 것 그것을 잃으면
비로소 그것이 당연한 것이 아니었음을 깨달으며
당연하게 생각했든 그것이
얼마나 소중한 도움과 은혜며 혜택인가를
비로소 깨닫게 된다.

감사한 줄 모르면
당연하게 생각하는 것과의 관계 인연인
은혜와 혜택이 멀어진다.

그 이유는
당연하게 생각하므로 은혜와 감사를 몰랐고
은혜와 혜택이 항상 하도록 노력하는
관계의 인연이 없었기 때문이다.

의식이 깨어 있는 사람은
지금 이 순간이 감사와 축복임을 안다.

감사함을 아는 사람은
감사의 인연이 지속할 수 있으나
감사를 모르면 감사의 관계 인연이 멀어져
감사의 인연이 사라짐은 너무나 당연한 원리다.

소중한 것은
소중함을 알 때에 그 소중함이 지켜지며
소중함을 모르면 소중한 것은 곧 사라진다.
이것은 당연한 인과며 인연의 섭리다.

감사는
생명의 깊은 의식이 열린 자와
삶의 밝은 지혜가 열린 자와
정신이 깨어 있는 자의 의식과 정신의 세계다.

축복

삶의
행복과 축복은
일상의 것을 벗어난
아주 특별한 것일 수도 있다.

그러나
일상의 것이 무엇보다
아주 특별한 행복이며 축복이다.

아침에 해가 솟아오르고
햇살이 세상을 밝게 비치며
바람이 불고
만물과 자연환경 속에 나의 존재가 있고
행복을 생각하고 꿈꾸며
정을 나누는 사람들이 있고
밤이면 내일의 삶을 생각하는 것

이 모두가
소중하고 특별한 행복이며
축복이다.

이 모두가
축복임을 자각하지 못함은
생명 각성의식을 열지 못해 생명이 흐르는 일상이
소중한 축복임을 자각하지 못하기 때문이다.

그러나
죽음을 앞둔 순간의 시야에는
어떤 축복과 기쁨보다
생명이 흐르는 일상이 특별한 축복이며
하루의 일상이 무엇보다 행복이며
소중한 감사임을 안다.

지금
이 자체가
행복이며 축복임을 깨닫는 것은
지금, 이 순간이 소중한 삶임을 깨닫는
생명 각성의식이 열렸을 때
깨닫게 된다.

축복은 내 존재며

행복은 내 촉각과 감각의 세상이 열려 있음이다.

축복은 만물 존재의 세상이며
행복은 더불어 사는 사람이 있음이다.

생명 각성의식이 닫혀 있으면
축복뿐 아니라
행복까지 잃고 만다.

축복 그것은
촉각이 열린 하루의 일상이며
그 일상 속에 삶을 같이하는 사람이 있음이
축복이며 행복이다.

축복과 행복은
생명 각성이
촉각과 감각을 여는 존재의 세계며
정을 나누며 삶을 같이하는 감사의 현실에
눈을 뜬 세계다.

삶의 진실

삶은
사랑으로 시작되고
사랑 속에 성장하며
사랑을 찾고
사랑을 만나 삶을 꿈꾸고
사랑을 위해 헌신하다
사랑 길에서 생명을 마치게 된다.

사랑은
생명이 온 길이며
생명 삶을 다하는 길이다.

사랑은
삶의 이유며
삶의 가치며
삶의 운명이며
삶을 깨닫는 길이며
삶을 배우는 길이다.

삶은

사랑이며
사랑은 삶 그 자체 전부다.

삶이란
사랑을 배우고, 깨닫고, 가꾸는 여정이며
삶을 더할수록 사랑은 삶의 절실한 중심 가치며
삶의 생명임을 자각하게 된다.

삶은
사랑을 위한 숭고한 길이며
사랑을 위한 헌신의 길이다.

생명은
사랑으로 태어나
사랑을 위해 살다
사랑 길에서 생명을 다하는 것이
생명의 삶이다.

삶의 이유가
오직 사랑임을 깨닫는 것도
삶의 세월이 고즈넉이 흐른 연후에 깨닫게 되고
삶을 깊이 자각하는 안목이 열려야 한다.

그렇지 못하면
삶의 이유도 모른 체
욕망이란 허울의 광대 삶을 살 수도 있고

이기적 독선을 사랑으로 착각한
어리석은 삶을 살 수도 있다.

사랑은
살아 있는 이유며
숨을 멈출 수 없는 이유며
나 없는 헌신의 이유며
생명을 다하는 이유다.

삶은
사랑을 위한
숭고한 생명의 여정
사랑을 위해 생명을 다하는 헌신의 길이다.

행복이란

관념과 시각에 따라
삶과 행복의 개념과 정의가 다르고
세상도 달리 보인다.

돈의 관념과 시각으로 보면
세상과 삶이 돈의 시각으로 보이고
돈이 삶과 행복의 측도가 된다.

사랑의 관념과 시각으로 보면
세상과 삶이 사랑의 시각으로 보이고
사랑이 삶과 행복의 측도가 된다

종교의 관념과 시각으로 보면
세상과 삶이 종교의 시각으로 보이며
종교가 삶과 행복의 측도가 된다.

의식에 색깔이 있으면
인식하는 모든 것이 그 색깔 속에
투영된다.

생각이 어디에 치우친 방향성을 가지면
모든 것을 그 의식 속에 끌어다
투영하며 생각하게 된다.

사람들이 행복을 추구하는
삶의 방식과 길이 다름은
살아온 삶의 과정 환경과 의식 때문이다.

좋음과 나쁨이 공존하는
심리나 환경 선상에는 성취와 만족은 잠시며
그 성취는 또 다른 변화의 시작점이 되어
만족에 머무를 수가 없다.

완전한 절대 행복은
좋고 나쁨이 공존하는 심리와 환경에서는
얻을 수가 없다.

행복을 얻었다 하여도
좋고 나쁨의 공존 속에 있다면
그 공존성이 행복을 파괴할 것이다.

변화와 차별세계의 심리와 환경에서는
변함없는 참 행복은 얻을 수가 없다.

변함없는 절대 행복은
환경과 심리와 세계를 벗어난다.

보편적 행복은 그것이 무엇이든
심리와 환경에 의해 곧 파괴된다.

유위(有爲)의 세계는
무엇이든 변하고 파괴되는 불안정하고 불완전한 세계며

무위(無爲)의 세계는
생멸과 차별세계를 초월해 언제나 변함없는 세계다.

행복의 욕구는
불만족을 벗고자 하는 욕구의식이다.

완전한 행복을 얻고자 하면
무위(無爲)에 들어야 한다.

의식과 정신차원의 높고 낮음에 따라
의식과 정신이 추구하는 먹이가 다르고
추구하는 삶의 가치와 이상도 다르며
삶의 지향성도 다르다.

의식이 절대 무위에 이르기까지는
변화의 차별의식 속에 머무르므로
어떤 것으로도 절대 만족 절대 행복은 없다.

행복과 불행은
차별의식의 분별이다.

의식이 절대 무위에 들면
참 마음이 절대 행복이며
참나가 절대 행복임을 깨닫게 된다.

그것은
곧 때묻음 없는
영원한 나의 순수한 생명이며
티 없는 마음이다.

자아완성

수평은
좌우가 기울임 없는 균형이다.

수직은
상하가 옆으로 기울임 없는 균형이다.

기울임 없는 수평과
기울임 없는 수직이 만나는 일점이
수평과 수직의 교차점이다.

이 교차의 중심점이 구심점이 되어
차별의식과 현상세계의
상하와 좌우의 구별점이 된다.

차별과 현상세계의 시각 중심
구심점이 곧 나다.

상하 좌우 어디를 보든
그 구별의 구심점은 나며, 그 구별의 기준은 나다.

사물의 사리분별과 인식
인간과 사회관계 형성의 삶의 구심점 내가
지극히 상하 좌우의 상황을 잘 구별하여
구심점을 중심으로 전체와 잘 조화(調和)를 이루어
상하 좌우의 조화와 관계안정을 도모하며
삶의 안정과 평안, 고락을 함께하고
상하 좌우 관계의 지극한 삶의 조화를 잘 이룸이
인격완성의 길이다.

인격완성은 사람 격(格)의 완성이다.
사람의 격(格)인 인격(人格)의 격(格)은
사람이면 마땅히 갖추어야 할 인품(人品)과
품격(品格)이다.

인품(人品)은
사람의 됨됨이 내면적 자질을 갖춤이다.
마음을 다스려 마음가짐의 인품을 성숙하게 하고
행위를 다스려 사람으로서의 품격을 갖춤이다.
인품 향상을 위해서는
사리분별과 심신의 도리(道理)를 배우고 익히며
마음 다스림과 의식을 성숙하게 하고
원만한 성품과 사회적 가치의 품성을 기르며
사람의 됨됨이 자질과 인품을 향상해야 한다.

품격(品格)은

사람 행위로 드러나는 모습을 품격이라 한다.
품격은 인품이 드러나는 행위다.
품격 향상을 위해서는
행위의 마음가짐과 몸가짐의 법(法)인 예의범절과
삶의 성숙한 행위의 격식과 도리(道理)를 배우고 익혀
스스로의 행위에 기품과 품격을 더하고
상대를 존중하고 공경하며 서로 관계를 조화롭게 하고
삶의 행위와 사람의 관계를 아름답고 성숙하게 하므로
자기 존재와 삶의 가치를 향상하게 한다.

인격완성의 완성은 사람 격(格)의 완성이니
완성은 초점이 명확한 결정의 결과 성취나
도달(到達)의 의미가 아니라
무한이 열려있는 마음의 향상성(向上性)을 지니고 있다.
그러나 완성의 의미는 마음 다스림과 행위가 성숙하여
순리에 순응하고 조화(調和)로우며
심신의 행위로 드러나는 돋보임의 기품(氣品)과
마음과 행위의 격(格)을 잃지 않음이니
이는 사회 속에 군자(君子)의 면모를 갖추게 된다.

자아완성은 자아의 개념과 인식에 따라
완성의 차원이 다르며
완성의 개념과 인식에 따라 자아의 차원이 다르다.

자아는 개념의 차별에 따라

의식(意識)의 자아와 초월(超越) 자아의 차원이 있다.
의식의 자아는 심신(心身) 행위자(行爲者)며
초월의 자아는 존재의 본성(本性)이다.

자아(自我)의 자(自)의 개념과 의미, 인식에 따라
아(我)의 뜻과 차원이 달라진다.

같은 언어(言語)라도
그 언어를 표출하는 마음의 경계와 기틀에 따라
다른 뜻과 다른 의미를 갖게 된다.

자(自)의 뜻과 의미는
스스로, 자기(自己), 자연(自然), 본연(本然),
천연(天然) 등의 뜻과 의미가 있다.

스스로는
무엇에 말미암지 않음을 일컬으며
무엇에도 연유하지 않음을 일컬으며
무엇과도 관계하지 않거나 관계없음을 일컬으며
독자(獨自), 스스로의 의미와 뜻을 지니고 있다.

스스로의 의미에
자연(自然), 본연(本然), 천연(天然)은
인위와 조작이 없는 본래 그러함의 뜻과 의미가 있다.

자기(自己)는

지칭하는 사람, 또는 자신 등의 의미를
지니고 있다.

자아(自我)의 아(我)는
나, 자(者), 체(體), 개체, 존재, 상(相) 등의
뜻과 의미가 있다.

자아의 자(自)가 드러내는 실체가
자기, 자신이면 자아는 행위의 주체
의식과 관념의 자아며 아(我)는 자기를 지칭함이다.

자아(自我)의 자(自)가 드러내는 실체가
스스로의 의미를 가진 자연(自然), 본연(本然),
천연(天然)이면 생멸과 생사가 없고 상(相)이 없는
존재의 본성(本性)을 일컬으며
아(我)는 체(體), 체성(體性), 실체(實體), 바탕,
근본(根本)을 일컫게 된다.
본성(本性)의 자아(自我)는 아(我)의 성(性)
즉, 아(我性)을 일컬음이다.

아(我)에 대한 개념이나 인식이
나, 자기(自己), 상(相), 유(有)로만 인식하는 것은
일반관습에 적응한 습관 때문이다.

아(我)가 자기이거나 자신이면 인식과 관념의 존재 나며
아(我)가 무엇을 지칭하거나 전제로 할 때에는
상(相), 개체, 당체, 자체, 존재, 특성, 등의

의미를 가지기도 한다.

자아(自我)의 자(自)의 언어표출 의미가
자기 또는 자신이면 의식과 관념의 자아를 일컬으며
자아(自我)의 자(自)가 언어표출 의미가
스스로, 자연(自然), 본연(本然) 등이면
무엇에 의존하지 않고 생멸 생사 없이
무엇에 말미암지 않고 걸림 없이 스스로 존재하는
존재의 본성을 일컬음이다.

자아(自我)라는 이 언어는
존재의 특성을 지니고 있거나 지칭하는 관념의 언어다.

자아 언어의 의미가 개체를 일컬으면
개체 존재나 존재의 특성을 일컬으며
자아 언어의 의미가 개체의 본성을 일컬으면
불생불멸(不生不滅)의 초월성품 존재의 실체
본성(本性)을 일컬음이다.

자아에 대한 관념의 개념 인식이 중요한 것은
자아 개념을 기초로 한
학(學)과 논(論)과 사상(思想)과 철학(哲學)이 많으며
어떤 사상과 철학에 근거하여 자아 의미와 뜻을
해석하느냐에 따라 자아 뜻과 의미의 색깔과
성질이 다르기 때문이다.

의식(意識)과 심리(心理), 관념의 자아는
심신행위의 주관자 나를 일컬으며,
존재론에서의 자아는 존재, 또는 개체를 일컬어
아(我), 또는 자아(自我)라고 하며,
존재 실상론(實相論)에서는
의식의 자아와 존재의 자아가 없는
의식과 존재의 실체 본성(本性)이다.
자아의 실상과 실체는
의식의 자아는 실체 없는 관념의 허상(虛相)이며
존재의 자아는 실체 없는 무주(無住)의 현상이며
본성의 자아는 실체 없는 진성(眞性)이다.

자아와 존재의 실상과 실체는
의식과 관념과 인식을 벗어나므로
존재의 실상과 실체를 깨닫게 된다.
의식과 관념, 인식 세계는 존재 실상의 세계가 아니며
분별과 사량(思量)의 심식(心識)의 세계다.

자아가
심리와 의식인 자아의식 개념이냐
존재인 개체, 존재, 당체의 개념이냐
본성(本性) 실체의 개념이냐

또는, 견(見)의 차별차원
유(有)의 개념이냐
무(無)의 개념이냐

공(空)의 개념이냐
실상(實相)의 개념이냐
실체(實體)의 개념이냐 등에 따라
자아의 인식과 자아 개념의 근원과
자아를 지칭하는 실체가 다르다.

언어(言語)를 드러내는 표출의 경계와
개념의 실체를 명확하게 알지 않으면
단지, 단어나 언어만으로
그 드러내는 의미와 뜻을 헤아리거나 분별하는 것은
드러내고자 하는 언어의 의미를 왜곡되게 하거나
시비와 혼란을 초래할 수도 있다.
특히, 동서양 정신문화의 특성과 사고개념의 차이,
또는 학(學)과 논(論)의 특성과 개념의 차이,
혹은 개인적 사고영역 차원과 깊이로
같은 언어라도 언어 수용의 경계가 차별이 있다.

자아완성에 있어서
정체성 (正體性) 자아완성과
초월 (超越)의 자아완성이 있다.

정체성 자아완성은
자신의 정신과 행위의 정체성 확립이다.

일반사회적 정체성의 개념은
자기 존재감이나 자기확립 등의 의미로
사용하기도 한다.

정체성 자아완성의 개념과 인식은
정신이나 사상이나 철학 등
자아완성의 주체성(主體性) 개념이다.

정체성(正體性) 자아완성은
바른 가치의 주체성(主體性)이다.
정체성(正體性)의 정(正)은
바름[正]이며, 합당(合當)이며, 합리(合理)며,
당연(當然)이며, 이로움[利]이다.

정체성(正體性)이
바르지 않고, 합당하지 않으며, 합리적이지 않고,
당연하지 않으며, 이로움이 없다면
그것은 정체성(正體性)이 아니라 사체성(邪體性)이다.

자기만 이롭고
이웃과 사회에 이롭지 않고 해를 준다면
그것은 정체성이라고 할 수가 없다.

정체성(正體性)은 바람직한 바른 가치의 특성이다.

허공은 만물을 수용하여 자유롭게 움직이게 하고

천체와 우주, 만물의 자유로움을 주는 것이
허공의 정체성이다.

땅은 생명력이 있어 만물이 소생하고 성장하며
땅의 생명력에 의지해 살 수 있도록 함이
땅의 정체성이다.

물은 맑고 형태와 색깔을 가지고 있지 않으며
무엇이든 씻어 깨끗하게 하고
만 생명체에게 이로운 생명수 역할을 하는 것이
물의 정체성이다.

불은 뜨거운 열과 빛을 통해
만물에 이로움을 주는 것이 불의 정체성이다.

정체성(正體性)은
반드시 바른 가치의 특성을 지녀야 한다.
그러므로 정체성이라고 하며
정체성의 특성은 바람직한 가치를 가지며
자신과 이웃과 사회에 이로움을 주므로
정체성이라고 한다.

자신과 이웃과 사회에 해를 끼치는
악(惡)과 독(毒)의 역할을 한다면
그것은 악체성(惡體性)일 뿐
정체성(正體性)이라고 할 수가 없다.

그러므로 정체성(正體性)은
반드시 자신과 이웃과 사회를 통해 그 가치가 드러나고
자신과 만인과 사회에 이로운 가치의 특성이 있으므로
바르고, 합당하며, 합리적이고, 당연하며, 정당하므로
이로움의 성질을 지니게 된다.

정체성 자아완성에
정체성의 확립은 이로운 사회성을 가지며
자아완성 자기 정체성의 확립이
사회 속에 바람직하고 떳떳한 인간상을 가지게 되고
누구나 존경하고 따르게 되므로
사회 속에 현인(賢人)의 면모를 갖추게 된다.

자아완성 자기 정체성(正體性)을 확립하여
자아완성을 기한
현인(賢人)의 면모를 갖춘 사람은
인격완성자와는 달리
수평과 수직의 교차점 그 구심점에서
상하 좌우의 관계 속에 자기 정체성의 확립을 통해
바르고, 합당하며, 합리적이며, 정당하며, 당연함을 따라
이롭게 한다.

정체성(正體性)의 정(正)은 정체성의 역할이며
정체성(正體性)의 체(體)는 정체성의 실체며
정체성(正體性)의 성(性)은 정체성의 특성이다.

정체성(正體性)의 역할은
자신과 이웃과 사회의 삶을 이끄는 선도적 역할을 하며
삶과 정신의 바람직한 선의적 방향을 설정하고
삶과 행위의 바른 선의적 아름다운 이상을 갖게 하며
삶과 정신의 바른 안정과 행복의 삶을 지향하게 한다.

정체성(正體性)의 실체는
어떤 정체성 확립이든 그 정체성은
개인과 사회와 삶과 정신에 바람직한 것으로
자연의 섭리를 왜곡하거나 벗어나지 않으며
삶과 정신을 바르고 안정적이며 밝게 하는
선의적(善意的) 순응성(順應性)을 가진다.

정체성(正體性)의 확립이
자연의 섭리와 만물의 흐름을 따르는
순응성(順應性)을 가짐은
마음을 다스리고 지혜가 밝아질수록
누구나 자신 본연 성품 자연성을 확립하게 되고
자신 본연의 성품이 밝아져
자연과의 호흡, 자연의 섭리와 교감하게 되고
스스로 자연의 흐름과 섭리에 위배되는
인위적 조작(造作)을 쉬게 되므로
자기 본래의 본연(本然) 자연성 회복으로
자신의 정체성을 확립하기 때문이다.

정체성(正體性)의 특성은

바르고 합당하며 합리적이고 정당하며 당연하여
이웃과 사회에 선의적인 이로운 마음을 갖게 하며
정체성을 통해 화합과 안정, 평화를 도모하고
삶의 행복과 희망의 꿈을 바르게 북돋우며
삶과 정신을 일깨우고 윤택하게 한다.

초월(超越)의 자아완성은
자아(自我) 초월(超越)의 완성(完成)이다.

초월의 자아완성은 수평과 수직의 구심점
상하 좌우 구별의 중심 일점 그 구심 중심을 관통하면
더 나아갈 곳 없는 상하 좌우가 사라진
자아의 본성에 들게 된다.

자아의 본성에 들면
의식과 관념의 주체 자아가 사라지고
자기의 실체, 본래 본연의 참 성품을 깨닫게 된다.

상하 좌우와 일체 분별의 구심(球心)
그 중심 일점(一點) 궁극(窮極)을 관통하면
상하 좌우 분별의 중심 자아가 없어
분별의 상하 좌우가 사라지고
상하 좌우가 사라진 무극성(無極性) 하나가
전체를 통일하고, 관장하며
그 하나가 전체를 완연하게 이룬다.

자아의 본성은 행위의 자아가 사라진
자기의 실체, 본연(本然)의 본성(本性)이다.

자아의 본성은
의식도 인식도 관념도 나도 없는
내 존재의 실상(實相), 참나다.

자아완성은 자아가 완전히 사라진
완전한 본연(本然)의 나를 완성한 것이다.
형상 없고, 생멸과 생사도 없고 의식(意識)도 끊어진
무엇에도 물듦 없는 참 성품이 참나다.
인식과 관념과 습관과 욕망에 물든 자아가
완전히 사라진 참나에 드는 것을
참나의 완성이라고 한다.
이것이 초월(超越)의 자아완성이다.

인식자와 행위자, 관념과 의식의 나,
촉각과 감각으로 느끼고 생각하는 나를 자아라고 한다.
그러나 이 자아는 없다.
촉각과 감각, 생각과 의식작용을 하므로
의식의 주체 내가 있다는 생각을 하게 된다.
그러나 이것은 촉각과 감각, 관념과 의식작용으로
내가 있다는 추측과 관념의 허상(虛相)일 뿐
실재(實在) 존재하지 않으며
그 실체(實體)가 없다.

꿈이 실체 없는 환영(幻影)이듯
나라고 일컫는 이 자아 또한
관념의 그림자 허상(虛相)이며 환영(幻影)이다.
참나의 실체에 들면 이 환영은 사라진다.
있는 것이 사라지는 것이 아니라
잠을 깨면 꿈이 사라지듯
촉각과 감각, 의식작용의 관념에 의해
존재하는 내가 있다는 확신적 가정(假定)과 추측에 의한
허상(虛相)인 환영(幻影)이
관념의식이 사라지니 관념의식에 뿌리를 둔 환영이
자연히 사라지는 것이다.

관념과 의식이 완전히 사라진 나의 참모습을
완연히 회복함을 일러 자아 초월의 완성이라고 한다.
초월은 의식과 관념, 심신의 나, 행위의 주체
자아를 초월함이다.

참나의 완성은 의식의 자아가
성숙하고 발전하며 승화하여 완성함이 아니고
촉각과 감각의 인식자(認識者),
심신 행위의 주체, 내가 사라지므로
나의 실체, 본래 본연의 나의 참모습
생멸과 생사가 없고, 시작도 끝도 없으며
생각과 형상도 없고, 어디에 물듦 없고 변함없는
본래 본연(本然)의 그 모습 그대로 드러남이다.

초월의 자아완성은
나의 본래 본연의 참모습에 듦이다.

자아(自我)는
인식과 관념을 주체로 한 자아의식은
관념에 의한 자아며
관념을 초월한 깨달음에는 인식의 주체
자아가 없다.

자아 없는 그 자체가 자아의 참 성품이다.

자아완성은 자아초월이며
자아초월은 자기의 참 성품 실체에 듦이다.

자아의 관념은
분별과 인식에 의한 미혹의 관념이며
자아완성은 분별과 미혹 관념이 사라진
자기의 참모습, 미혹 없는 성품 그 자체다.

자아는
관념이니 실체 없는 상념의 허망한 허상(虛相)이며
관념의 실체 없는 그림자 환영(幻影)이다.

자아완성은
미혹 없는 본래의 자기성품이 완연히 드러남이다.

자아의 관념은
자아의 성품을 보지 못한 관념의식 미혹으로 비롯되고

자아완성은
미혹에 의한 관념의식을 벗어
자기 본연의 본 성품을 완전히 회복한 것이다.

완성은 마음작용에
생멸 없는 자기 본연의 성품이 완연함이다.

자아완성은
자아관념 미혹의 껍질이 사라진
참 자기를 회복함을 자아완성이라고 한다.

자아완성 초월의 자아는
스스로 존재하는 자신의 실체 성품이니
생멸(生滅)과 생사(生死)가 없고
시(時),
공(空),
물(物),
상(相),
심(心)에 걸림 없고 물듦 없이
스스로 항상하며
변함없는 실체, 자기 참 성품이다.

나

나에 대한 존재의식은
대상과 의식작용을 인지함으로부터
나에 대한 관념과 존재의식을 갖게 된다.

유형무형, 심적, 물적 대상에 대한
인지의식이 나라는 관념의식을 갖게 한다.

나의 존재 관념은
대상을 인지하는 의식으로부터 비롯하며
남 또한 인지 대상임에
나 아닌 남이라는 관념을 갖게 된다.

대상이 인식되는 그때부터
태어나서 죽을 때까지 나라는 관념에 묶이며
인식의 대상에 대해 집착을 하게 된다.

나에 대한 관념을 가지는 것은
세 가지 조건 때문이다.

첫째는 의식이 있기 때문이며

둘째는 촉각을 가진 몸이 있기 때문이며
셋째는 인식의 대상이 있기 때문이다.

의식이 촉각 기능인 몸을 통해 대상을 인식하므로
대상을 인식하는 촉각의 매개인 몸을 내 몸이라는
관념의식이 생긴다.

나 이것은 존재의식이다.

인식하므로 내가 있음을 인식한다.

그러나 내가 생각하는 나라는 것은
인식에 의한 관념의 허상(虛相)일 뿐 실체가 없으며
그 또한 나의 실체가 아니다.

나는
인식할 수가 없다.

나는 인식의 대상이 아니며
인식으로 알 대상이 아니다.

나, 그것은
인식 또는, 생각으로 추측하거나
헤아려 알 대상이 아니다.

몸의 촉각으로 인식하고

의식으로 생각하며
촉각, 의식, 관념과 인식하는 그것이 무엇이건
그것은 내가 아니다.

몸, 촉각, 생각, 의식, 감정,
영혼도 내가 아니다.

내라고 생각하는 그것이 무엇이건
그것은 내가 아니다.

내라고 생각하는 그 자신도
내가 아니다.

참나는
인식의 대상과 인식 자가 사라졌을 때에
참나를 깨닫게 된다.

마음의 향기는
생명의 씨알 중심에서 피어난다.

생명 씨알의 향기는
가슴과 가슴으로 전해져

모두의
삶을 아름답게 하고
세상을 평화롭게 하며
생명과 혼을 순수하게 한다.

생명생명이
그 향기를 따라
향기 있는 생명이 되고
향기로운 삶을 살며

세상은
향기 가득한 아름다운 세상이 된다.

4장_ 심향(心香)

시혼(時魂)

소나무야!
너를 보면 나는 소나무가 되고

바람아!
너를 보면 나는 바람이 되고

파도야!
너를 보면 나는 파도가 된다.

시혼(時魂)은
소나무도
바람도
파도도 살아
늘 푸르고, 회오리치며
끊임없이 출렁이는 혼(魂)의 생동이다.

감각의 존재들이
나를 이끌고, 삶을 일깨우며
자각의 눈을 열게 한다.

사물의 감각은
삶의 길을 터득하게 하고
짧지도, 길지도 않는
환과 같고 꿈과 같은 삶은
생명 삶을 살라고 일깨운다.

나는 어느덧
소나무고
바람이고
파도가 되어 출렁이고
생명 촉각이 살아 호흡을 하고 있다.

나는
보잘것없는 시(時)의 모습이나
내 혼은 살아
소나무고, 바람이고,
파도 되어 출렁인다.

길

뜻을 세우고
뜻이 굳어지고
뜻이 깨어지지 않고
뜻이 파괴됨이 없고
뜻만이 오롯하여 정신이 맑아지고
눈길이 밝으며
가슴에 평온과 기쁨이 자리하고
생각생각 생각이 고요하고 깊으며
마음 가득 생명물결이 일고
정신은 형언할 수 없는 충만함이 자리하며
눈에 보이고 귀에 들리는 것이
평온과 안정, 평화가 깃들고
세상이 평화와 아름다움이 충만하며
의식이 깨어나지 못한 생명과의 만남은
아픔이 가슴에 젖어오고,
의식이 깨어나지 못한 이도
뜻을 세우고
뜻이 굳어지고
뜻이 깨어지지 않고
뜻이 파괴됨이 없고

뜻만이 오롯하여 정신이 맑아지며
눈길이 밝으면
그 길에서 서로 만나
가식 없는 웃음꽃 피어
아픔 없는 삶
그 길을
같이 가게 되리라.

석인(石人)

밤의 정적
촉각의 문이 닫힌 석인(石人)이 되어
세상의 모든 감각이 사라진다.

촉각을 벗어버린 심령은
유리알처럼 맑아 텅 빈 하늘이 되기도 하고
별빛이 되어 어둠을 밝히기도 하며
생명을 사랑하는 천사가 되기도 하고
중생을 위한 보살이 되기도 하며
하늘의 신들과 별의 이야기를 들으며
우주의 아름답고 신비함을 느끼기도 하고
생명들의 정화를 위해 염원하기도 한다.

고요의 정적 속에
촉각의 문은 닫혀
심성은 더없이 맑아 영롱하고

감각 없는 돌 사람은
땅의 사람도 하늘의 사람도 아닌

맑고 밝은 신비로운 광명주(光明珠)가 되어
세상을 비추고
비추네.

무심 꽃 향기

꽃이
향기롭고 아름다워도

글과 말의
향기와 아름다움을 따를 수 없고

글과 말이 지극해도
마음의 향기와 아름다움을 따를 수 없고

마음이 지극해도
행위의 향기와 아름다움을 따를 수 없고

행함이 지극해도
궁극 없는 무심(無心) 꽃
향기와 아름다움은
따를 수 없다.

사랑 꽃

텅 빈 허공에
티 없는 사랑 꽃 솟아나니

아픔 사루어 핀 꽃이라
아름다운 꽃잎마다
향기로움 가득하네.

사랑도 아픔이라
멍하니 동공 열린 채
나무사람, 돌사람
하이얀 넋이 되어

혼백 타는 불길 속에
미움 혼(魂) 타버리고
애착 혼 다 타버려
부여잡은 자아까지 사라지니

눈은 평온에 젖고
가슴은 맑은 바람 기쁨이 솟으며
마음 가운데 티 없는 꽃

억겁의 껍질을 삭여 돋아나니
미움, 애착 사라지고 자아의 혼까지 사라져
허공에 뿌리 둔 꽃이라 그 모습 청초하고
불길 속에 피어난 꽃이라 그 모습 우아하네.

세간에 피었어도
허공에 뿌리 두어 세간에 물들지 않고,
세간에 향기로우나
존재 일점 자아까지 불길에 타버려
티 없는 향기라네.

불길 속에
자아 씨알까지 사라져 허공이 되고
탈것 없어 때 묻을 것 없는 티 없는 사랑 꽃

자아가 없어
범(凡)인 듯 성(聖)이며
성(聖)인 듯 범(凡)이나

허공과
바다와 땅에 두루 향기 피어
천신(天神), 해신(海神), 지신(地神)도
그 향기에 평안을 얻고
하늘도 바다도 땅도 안락을 얻는다.

자아(自我)

범(凡)의 씨알 불길에 타고
성(聖)의 씨알 허공에 부서져
범(凡)과 성(聖)을 벗어버린 사랑 꽃

하늘과 땅
영혼과 생명을 구하는 향기가 되어
하늘
땅
바다
생명에게
인연 따라 바람 따라
진리 꽃 미소(微笑)가 피어나네.

꽃 한 송이

옛 성인이
꽃 한 송이를 들어 진리를 밝히니

마음이 열린 자는
그 꽃에
빙그레 미소 짓고

꽃을 보았을 뿐
진리를 보지 못한 이는
그 꽃의 의미를 찾아
생(生)에 생을 거듭하네.

옛 성인은
세월이 흘러
그 흔적을 알 수 없고

꽃 한 송이는
무수한 세월이 흘러도
사람의 입에서 입으로
글과 말로 전해져 오늘에 이르니

옛 꽃은 사라져 환 꽃이 되어
눈으로 볼 수 없고
생각으로 헤아려도 알 길이 없다가

홀연히 아지랑이 걷히니
옛 성인의 꽃 한 송이가
몇 천년 세월이 흘렀어도
꽃이 시들지 않고
사방에 생생히 뚜렷이 피어

옛 성인은
오랜 세월에 흔적이 없으나
꽃송이는
세월이 흘렀어도
일점도 상(傷)함 없이 활짝 피어있네.

우담발화(優曇鉢華)

천년을 피어 있는 꽃은 없다.
그러나 천년이 넘었어도 향기로운 꽃이 있다.

천년을 사는 사람은 없다.
그러나 천년이 넘어도 살아 있는 사람이 있다.

인생 백년에
향기의 사무침이
사람사람이 명(命)을 이어
천년을 넘어 가슴에 사무치며
삶의 향기가 되어
만 사람의 가슴에 살아 있는 사람

그 사람은
이 땅에 살아 있는
향기 짙은 빛깔의 생명
사람의 영혼과 가슴에 핀 우담발화다.

우담발화는 하늘이나 땅에서 솟아나거나
피어나는 꽃이 아니다.

이 땅에
사람사람이 죽어
또 새 생명이 다시 태어나도

그 향기, 마음과 마음
가슴과 가슴으로 이어져 사무침이
사람과 세월에 항상 살아 있는 그 자체는

천년을 피어 있는 꽃이라 하여도
따를 수 없고

만년 향기를 가진 꽃이라 하여도
그 향기를 따를 수 없다.

사람이 죽고 죽어
또 새 생명이 태어나도 그 향기에 사무쳐
가슴과 영혼에 살아 있는 생명

그 생명
짙은 향기는 시들지 않는 꽃이 되어

사람이 태어나고 태어나도
그 영혼과 가슴에 피어
삶과 혼을 살아있게 하는
우담발화다.

그 우담발화는
몇 천 년을 넘은 시간을 초월해
지금도
내 마음에 향기롭게 피어
나의 삶과 혼이 그 향기에 사무쳐
우담발화 꽃잎 되어 피어난다.

무(無)여,
신성(神性)이여!

형체 없는 곳에서 형체가 나오고

소리 없는 곳에서 소리가 나오고

색깔 없는 곳에서 색깔이 나오고

물 없고 불 없는 곳에서
물과 불이 나오고

너와 나
우주 만물을 낳아

시야
끝없는 무한
불가사의 불가사의여!

5장_ 무위(無爲)

적멸보궁(寂滅寶宮)

자정(子正),
시(時)가 빈 공소(空所)에
우두커니, 이름없는 공인(空人)이 되어
정신 흐름을 따라
정갈한 의식은
공심처(空心處), 때 묻음 없는
심연(深淵) 보궁(寶宮)으로 흐른다.

깨달음 얻으신 불(佛)은
삶은 괴로움이며
생명세계는 활활 타는 불길이라고
했든가?!

고도(苦道)의 불길 속에
살갗이 거칠어지고
모습이 변했어도

오늘과 내일, 시(始)와 종(終)이 맞물리는
공시(空時)에

생명의 흐름인 생과 사,
윤회의 아픔과 기쁨의 흐름 속에
한순간도
누구도 들여놓지 않았고
그 누구도 들어올 수 없었던
때 묻음 없는 억겁의 적멸처(寂滅處)
나의 보궁(寶宮),

극심한 고(苦)에도
살갗이 타는 불길에도
누구도 들여놓지 않았고
무엇도 들어올 수 없었든 보궁(寶宮)

오늘과 내일이 공(空)한
시공(時空) 속에
존재의 이름과 형상까지 잊고
우두커니 이름없는 공인(空人)이 되어

맑은 정신은
정갈한 의식을 따라
적멸처(寂滅處) 보궁(寶宮)으로
흐른다.

오시(午時)

그림자가 사라진
오시(午時)

슬플 때나
기쁠 때나
언제나 내가 선 그 자리에
따라다니는 그림자

해가 나의 정중(正中) 위
하늘에 이르니
나의 그림자가 간 곳이 없다.

나의 정중(正中) 위
해가 있으면
그림자가 사라지지만

내가 해의 정중(正中)에 들면
그림자뿐 아니라
나의 존재까지
사라진다.

공심(空心)

마음이
텅 비어 공심이냐?

마음이
사라져 공심이냐?

마음이
타버려 공심이냐?

마음이
열이 식어 공심이냐?

마음이
길을 잃어 공심이냐?

마음이
차지 않아 공심이냐?

마음이
일어나지 않아 공심이냐?

176

마음이
불이 꺼져 공심이냐?

마음이
공허하여 공심이냐?

마음이
구하지 못해 공심이냐?

마음이
허무해서 공심이냐?

마음이
초점 잃어 공심이냐?

마음이
꿈을 잃어 공심이냐?

마음이
답답해서 공심이냐?

마음이
슬퍼서 공심이냐?

마음이
갈 곳 없어 공심이냐?

마음이
깨끗하여 공심이냐?

마음이
멍해서 공심이냐?

마음이
얼이 빠져 공심이냐?

마음이
멍이 들어 공심이냐?

마음이
만족 없어 공심이냐?

마음이
허전해서 공심이냐?

마음이
아파서 공심이냐?

마음이
깨어져 공심이냐?

마음이
끝점이라 공심이냐?

마음이
허탈해서 공심이냐?

마음이
혼침해서 공심이냐?

마음이
채울 수 없어 공심이냐?

마음이
쉬어 공심이냐?

마음이
포기해서 공심이냐?

마음을
찾을 수 없어 공심이냐?

마음을
잃어 공심이냐?

마음이
더할 수 없어 공심이냐?

마음이
불꽃에 떨어진 눈송이처럼 사라지면
사라진 눈꽃 속에 공심(空心)이 드러나
땅에 가득하고
하늘에 가득하고
눈과 귀에 피어난 꽃송이마다 가득하리라.

환 꽃(幻花)

눈에 보임이
분명하고 역력한데 어찌 환(幻)일 수 있으며

귀에 들림이
분명하고 역력한데 어찌 환일 수 있으며

입으로 맛을 보니
분명하고 역력한데 어찌 환일 수 있으며

만져보고 또 만져봐도
분명하고 역력한데 어찌 환일 수 있으며

향기를 확인하고 눈으로 또 보고
손으로 만져도 보고 입으로 맛을 봐도
분명하고 역력한데 어찌 환일 수 있으랴?!

돌아보니
옛 자취가 끊어졌고

앞을 보니

앞 자취가 없고

지금 눈뜬 이 순간도
머무름 없어 시연(時緣)을 타고 흐르니
시(時) 속에 있는 것은 시연이라 환 꽃이네.

옛 없는 지금이며
앞 없는 지금이니
앞뒤 없이 핀 꽃은 시화(時花)라

머묾 없어 시(時)며
머무름 없어 시연(時緣)이니
시(時)는 환(幻)이다.

꽃은 이 순간 시(時)를 타고 피었건만
상념은 시연(時緣)을 따르지 못해
환 속에 묶여 있네.

환이 깨어져

돌아볼 뒤가 없고
내다볼 앞 없는 곳에

시(時) 없는
영원성이 드러나고

홀연히
환 꽃 피었어도
실체가 없어

환(幻) 꽃이 사라진 곳
시(時) 벗은
영원 꽃이 활짝 피어 있네.

몽환 꽃(夢幻花)

형체 없는 허공성(虛空性)에
건곤(乾坤)의 바람이 불어
몽환 꽃(夢幻花) 피어나

해를 향해 이상을 품고
허공으로 솟아 꿈 꽃잎이 활짝 피니
몽환 꽃(夢幻花) 향기가
사방천지 만리향(萬里香)이 되어 흐르고
그 아름다움과 향기가
천지를 진동해도

그 몸뚱이 몽환 꽃(夢幻花)이라
바람결에 꽃잎이 흩어져
그가 온 곳 돌아가니

허공에는 해와 달이 옛처럼 솟아나고
별과 바람은 그 자리에 흐르는데

바람결은 변함없으나
허공에는 그 모습 자취 없고
몽환 꽃(夢幻花) 그 향기는
간 곳이 없어라.

이사무애(理事無碍)

홀연히 허공 속
연(蓮) 꽃잎 하나 떨어져
이 몸이 생겨났고

연꽃 피어
시간의 바람결에 춤을 추어도
허공에서 떨어진 꽃이라
그 뿌리가 묘연하고

꽃잎에 새겨진 시상(時相) 삼세(三世)와
꽃잎 영혼에 담긴 시상(時相) 구세(九世)가
허공에 핀 환(幻)이니

구세연(九世緣)이 일공(一空)이며
일공(一空) 속에 환 꽃(幻花)이네.

허공에 꽃잎 떨어져
시방 사시사철 만발하고
과거 현재 구세(九世)에 화려해도

그 뿌리가 허공이며
그 체성(體性)이 환성(幻性)이라

공성(空性) 환 꽃이
시방 구세(十方九世) 만발해도
허공일성(虛空一性) 무연각성(無緣覺性)
일심실공(一心實空)에 사라지네.

해탈 새(解脫鳥)

홀연히 피어오른 맑은 한 의식
해탈 천(解脫天)을 향한 혼의 열기를
품고 또 품으며

누 겁(劫)의 껍질을 깨고
해탈 천(解脫天)에 들고자
공무공천(空無空天)을 배회하다
언젠가부터 씨알 없는 공무공천(空無空天)에
해탈의 씨알이 생기고

씨알에
알 씨가 생겨나니
공무공천(空無空天)에 의지할 곳은 그 일점뿐

혼의 정신을 더하고
일념을 쏟다 보니, 어느 날
알 씨 속에서 씨눈이 생겨나고
씨눈 속에 날개가 돋아나
높고 높은 해탈 천(解脫天)을 향해 날개를 펴니

공무공천(空無空天)의 껍질을 깨고
상상천(上上天) 해탈 천(解脫天)
무일물처(無一物處)에 올라
동쪽을 바라보고 서쪽을 바라보니
동서(東西) 없는 일물(一物)이 장엄하여
장엄 천(莊嚴天)을 이루고
벗어버린 공무공천(空無空天)을 내려다보니
공무공천(空無空天)이 흔적이 없고
해탈 새[解脫鳥]의 날개를 접으니
저쪽에서 둥근 해가 솟아오른다.

무아(無我)

깨달음의 노래
진리의 노래 무아(無我)여!
무아란 무엇인가?

내가 없어 무아인가?
내가 있어 무아인가?

없는 내가 있어서 무아인가?
있는 내가 없어서 무아인가?

내가 있음이 사라져 무아인가?
내가 본래 없어 무아인가?

무아여! 무아여!
나도
남도
하늘 땅도
일체 눈뜬 이도 다 죽어 피어난
무아여!

내가 없어 무아가 아니라
무아가 나임이여!

내가 없다는 무아에 속아
산과 바다를 헤매고
물과 불 속을 헤매었든 시간들!

내가 없어 무아가 아니라
무아가 나임을!

깨달은 자의 노래는 거짓이 없으나
귀와 눈이 밝지 못해
어둠 속을 헤맴이여!

나의 잘못이 어찌
깨달은 자에게 있으며
무아에 있으랴!

눈뜬 자의 무아는
깨달음의 노래며

어둠 속 무아는
귀신 굴 환각(幻覺)의 씨라네.

무아여! 무아여!
내가 너를 타고
유유자적 시공(時空)을 다닌 지가
무량 세월인데

어젯밤 꿈속에서
예리한 너 뿔에 받혀
물과 불 속을 헤매었구나.

금강(金剛)

보석 중 보석
금강(金剛)!

티 없이 맑고 투명하며
파괴할 수 없는 견고함이여!

너는
물듦 없는 허공의 결정체(結晶體)냐?
영롱한 물방울의 절정체(絕頂體)냐?

무엇이 절정을 이루어
투명한 몸을 가지게 되었으며

무슨 결정을 이루어
파괴되지 않는 견고함을 갖추었는고?

그 무엇이 맑음이 뛰어나도
그대를 따를 수 없고

그 무엇이 견고하다 하나

그대의 견고함을 깨뜨릴 수 있겠는가!

결정성이 파괴되지 않는 결정체라
뛰어난 것 중 뛰어나며

티 없이 맑음이 절정을 이루어
보석 중 으뜸으로
빼어난 것 중 빼어나
이 세상 그 무엇도 따를 것이 없으나

일심(一心)에 들어서니
금강이 티 없이 맑으나
그대 또한 빛을 잃어 자취를 감추고

금강이 견고함이 으뜸이나
자취 없이 사라져
그대 흔적 일점을 찾을 수가 없구나.

범(梵)

신성(神性)의 세계
범(梵)

비밀스러움
신비로움
초월
우주 신성(神性),

어떤 지식과
인식으로 넘볼 수 없는
불가사의

촉각
생각
의식을 벗어난 초월의 영역

범(梵)은
우주,
생명,
마음이며

신성(神性)은
우주, 생명, 마음
그
참[眞]이다.

신성(神性)은
초월의 성품을 일컬으며

범(梵)은
물듦 없고 때 묻음 없는
너, 나의 생명이며
우주의 실상(實相) 그 자체다.

토끼풀꽃 두 송이

설산(雪山)
하늘 고을
신성(神性)한 영감이 흐르는 곳
히말라야 만년설이 녹아
강가(Gangā)로 흐르는 물줄기의 근원
해와 달빛이 부서져
금빛 비단 물결이 소리 내며 흐르는
맑은 물 개울가
풀 내음 가득한 풀 속에 피어난
하얀 토끼풀꽃 두 송이
개울 물은 금빛 물이 되어 흐르고
올망졸망 흐르는 개울물 소리는
신성을 찬탄하는
라가(raga)의 음률이 되어 흐른다.
하이얀 토끼풀꽃 두 송이 꺾어
내 손바닥에 놓으니
신성(神性)한 공양물이라
풀꽃 향이 신비롭다.
금빛 개울물은
생명의 몸을 정화하고 영혼을 구제하는

강가(Gangā) 신성의 강물이 되어 흐른다.
하늘의 신전(神殿)
광명(光明) 신전(神殿)에
토끼풀꽃 두 송이 공양 올리고
기름 등불을 밝혀 명상에 젖으니
우주의 생명 만다라(Mandala)가 활짝 피어
신상(神像)의 머리에 밝은 빛이 내리며
향기로운 풀꽃 내음이 신전(神殿)에 가득하고
신상의 두 눈에는
설산(雪山)의 영감이 흐르고
신상의 얼굴엔 풀꽃 향의 맑은 미소가 흐르네.
신상(神像)에 흐르는 밝은 빛줄기는
신상의 손바닥에 놓인 토끼풀꽃 두 송이
꽃향기를 실어 하늘로 치솟아
무한 우주 무궁(無窮) 신비
생명 만다라가 활짝 핀 우주 중궁(中宮)
태존(太尊) 밝음 전(殿)에 헌공(獻供) 올리니
온 우주 가득 풀꽃 향이
향엄천(香嚴天)을 이루고
밝은 광명은 허공성(虛空性)을 뚫어
광명천(光明天)을 이루네.

무아(無我)의 춤

가장
잘 추는 춤은
기교 있는 춤이 아닙니다.

가장
잘 추는 춤은
멋있는 춤이 아닙니다.

가장
잘 추는 춤은
아름다운 춤이 아닙니다.

참으로
잘 추는 춤에는
춤만 있을 뿐 사람이 없습니다.

참으로
잘 추는 춤은
정신이 몰입하고
의식이 승화하는 아름다움이 있습니다.

참으로
잘 추는 춤은
들숨과 날숨, 생명 숨결이 승화하는
혼의 이완 흐름의 여울
깊은 동(動)과 정(靜), 정신의 아름다움이 있기에

그 춤을 보는 자는
의식이 맑아지고 정신이 밝아지며
마음의 이완은 깊은 정신 근원으로 흐르고
순수의식이 열리며 생명감성이 눈을 떠
무한을 향한 이완의 확장은
형언할 수 없는 살아있는 정신의 평온과
본연의 기쁨이 일어납니다.

참으로
잘 추는 춤에는
춤추는 사람은 사람이 아닙니다.

참으로
잘 추는 춤에는
사람은 그냥 춤사위일 뿐 사람이 없습니다.

춤에
춤추는 사람이 있다면
그 춤은
가장 잘 추는 춤이 아닐 것입니다.

만약
춤에 사람의 냄새가 있다면
춤추는 사람은 춤에 얽매어
춤의 망(網)에 갇힌 한 마리 새일 뿐입니다.

춤 새가
춤의 그물을 벗어나면
허공을 나는 걸림 없는 춤 새가 되고
사람이 아닌 춤 혼(魂)이 되어
참다운 춤꾼으로 다시 태어납니다.

다시 태어난 춤꾼은 춤의 그물에 갇힌
새가 아닙니다.

그물을 벗어버린 걸림 없는 춤꾼은
한 마리 새도 사람도 아닌
춤 혼(魂)이며
춤 신(神)입니다.

행위에 생각이 얽매이면
스스로 속박되어 그 얽매인 만큼
생각과 행동이 자연스럽지 못하고

춤 행위에 생각의 냄새가 흘러나와
춤사위에 묻게 되고
춤 사람은

200

춤 그물에 갇힌 새가 되어
스스로 미숙한 사념의 흐름에
춤 맛에서
사람 냄새가 물씬 납니다.

춤꾼에게는 사람 냄새가 나지 않고
춤의 숨결만 있을 뿐입니다.

생각이 자유로우면
혼(魂)도 되고 신(神)도 되고

생각이 얽매이면
춤과 사람은 둘이 되어
벽과 격이 생깁니다.

벽 없고 격이 사라졌을 때
춤이 나며, 내가 춤이 되어

춤에
사람의 생각이 묻어남이 없어

사람은
춤 그물을 벗어버린
허공을 나는 무애의 춤 새며
자유로운 춤꾼이 되어
춤에 잡히거나 쥐이지 않는

춤 혼(魂)이며, 신(神)이 되어
혼 빛이 흐르는 승화의 영감을 따라
절제된 정신 동중정(動中靜) 정중동(靜中動)
호흡의 숨결이 승화되는 춤은 참으로 아름답습니다.

사람이
춤에 얽매이면
사람은 춤에 매여 부자연스럽고
춤은 사람에 매여 어색해집니다.

사람이
춤에 얽맴을 벗어나면
사람은 춤에 매이지 않아 걸림이 없고
춤은 사람이 얽매지 않아 자연스럽습니다.

얽매임 없는
무애의 춤을
가장
잘 추는 춤꾼은 허공이며

상(相) 없는
무상(無相)의 춤을
가장
잘 추는 춤꾼은 바람이며

나 없는
무아(無我)의 춤을
가장
잘 추는 춤꾼은 물이며

혼을 다하는
열정의 춤을
가장
잘 추는 춤꾼은 태양이며

사랑의 춤을
가장
잘 추는 춤꾼은 흙이며

세상을 여는
비밀스러운 신비한 신성(神性)의 춤을
가장 잘 추는 춤꾼은
생명입니다.

자연에는
가장
춤을 잘 추는
무아(無我)를 통달한 춤꾼들이 있기에

뭇 생명이

삶에 평온을 얻고
그 춤을 보며 꿈을 꾸고 삶의 생기를 찾습니다.

잘 추는 춤꾼은
오직 춤 하나뿐
그 춤에 혼(魂)과 몸이 둘이 아닙니다.

그렇기에
춤을 보는 자는
혼(魂)과 몸을 구분할 수가 없습니다.

혼(魂)과 몸이
혼연일체를 이루지 못하면
혼(魂)도 몸도 부조화로
벽이 생기고 격이 생겨
자연스러운 춤이 될 수가 없고
춤에 미숙한 의식이 배여
정신의 숨결이 승화되어 피어나는 아름다운 춤이
될 수가 없습니다.

누구나 한 곳에 혼이 몰입하여 승화하면
완전한 완성자가 될 수가 있습니다.

그러나 자신의 행에
치밀한 혼의 열정을 다하지 못하면

행위와 생각이 둘이 되어 부조화가 되고
행위에 흥미를 잃어
하든 행위를 그만두게 됩니다.

이상을 향한 행위는 어떤 행위든 그것에
정성과 혼의 열정으로 자신의 미숙함을 태워버리는
과정이 있습니다.
그 과정을 넘지 못하면 스스로의 행위와
과정과 결과물에 정성과 혼이 깃들지 않아
그 미숙함의 결과는 가치를 잃게 되고
스스로 그 행위에 정신적 내면갈등을 빚게 됩니다.

완성자는
아무나, 그리고 누구나 되는 것이 아닙니다.
스스로 행위에 열정의 혼을 다하면
자신의 미성숙한 미완의식이 정제되고 정화되어
미숙함과 미성숙 의식이 소멸되어 사라져
완전함에 이르면
유형무형의 그 무엇도 범할 수 없는 무외인(無畏人)
무한 가치의 결정성을 이룬
완전한 완성자가 될 수가 있습니다.

스스로의 미숙함을 벗는
혼과 열정을 다하지 않으면
이상을 향한 성취나 완성은 없습니다.

혼과 열정이 승화되지 못해
미숙한 정신에너지가 남아 있는 성취나 완성은
완전함을 향해 아직 가야 할 길이 남아 있는
미숙한 상태입니다.

어떤 성취나 완성이 완전함에 이른 것이 아니면
완전한 성취나 완성이 아닙니다.
완전함이 아니면 자신 목적의 성취나 완성,
또는, 자신 안목의 성취나 완성일 뿐
그 무엇이든 완전하지 못한 것은
미숙함을 지니고 있습니다.
완전함에 이르지 못한
자신의 미숙함을 제거하기 위해서는
완전함을 향한 혼의 열정을 다해야 합니다.
완전함을 향한 혼의 열정 승화는
더 태울 것 없는 완전한 절정을 넘어선 곳에 이르러
혼의 열정 승화에 자신의 미숙함은 완전히 사라지고
자신이 사라진 완전함만이 남게 됩니다.

완전함에 이르지 못한 미숙함은 다름이 아니라
행위에 자신이라는 의식이 남아 있는 그 자체가
곧, 미숙함입니다.
무엇이든 그것에 자신이라는 의식이 남아 있다면
그것은 곧, 완전함에 이르지 못한 미숙함입니다.

진정한 열정, 순수 혼의 승화

사랑, 지혜, 나눔, 깨달음, 정신승화, 영적충만 등
그곳에 자신이라는 의식이 남아 있으면
진정한 승화나 완성이 아닌
더욱 성숙하고 완전함에 이르러야 할 미숙함이
그 속에 있습니다.

진정한 승화나 완성은 승화나 완성의 행위뿐
그곳에 나라는 의식이 없습니다.

무엇이든
나라는 의식은 대상과 또는 스스로의 행위에
분리의 벽을 형성하게 됩니다.

혼과 열정을 다하는 것에는
혼과 열정만 있을 뿐
내가 없습니다.

혼이 나며
열정이 나일 뿐입니다.
혼과 열정 그것이 나입니다.

혼과 열정이 없는 곳에는
드러낼 생명력 정체성 자아가 없습니다.

혼과 열정이 정체성이며
혼과 열정을 쏟는 혼의 열정이 내 존재며

그 열정에 정신이 살아 있는 내 존재 정체성
자아를 느끼게 됩니다.

미숙한 것은 미성숙한 것이며
미성숙한 것은 드러낼 자기 빛깔 정체성 자아를
완연하게 아직 형성하지 못했습니다.

모든 것은 성숙하고 승화할수록
혼과 열정뿐
사념의 나는 사라지게 됩니다.

세월이 조금 더 필요한 과일은
빛깔이 완숙하지 못해 엉성한 덜 익은 빛이 비치고
맛이 농숙하지 못해 부족한 설익은 맛이 감돌며
향이 성숙하지 못해 미숙한 어설픈 내음이
남아 있습니다.

나라는 관념 의식은
미숙한 의식의 정념(情念) 에너지 물결이며
미완의 미성숙한 에너지의 사념(思念)
분별의 구름조각입니다.

사랑도
성숙하고 승화할수록
모습과 실체가 없으나 물결을 일렁이는 바람이고

나뭇잎을 흔드는 바람처럼 사랑의 행위뿐
나는 없습니다.

사랑에
내가 있으면
미성숙 의식 정념(情念)의 에너지로
혼과 열정이 상승하지 못한 미숙한 분열의식
모였다 흩어지는 구름조각 사랑입니다.

사랑에
내 존재를 생각하거나
나에 대한 자아 관념이 강할수록
그 사랑은 밝음의 빛을 잃어 성숙할 수 없고
정신승화를 가질 수 없습니다.

사랑은
밝은 승화의 빛, 혼과 열정뿐
그것이 사랑이며

나 없는 밝은 빛으로
혼의 승화 생명의 빛이 살아있는 생명행위가
사랑입니다.

사랑이 깊어질수록
순수 혼빛 열정의 승화에
나의 거짓과 가식, 관념적 자아의 껍질은

다 녹아 사라져버리고
더 없는 순순 혼의 진실만 있을 뿐입니다.

나도 있고
내 마음속에 사랑도 있는 사랑에는
나와 사랑이 둘이 공존하여
이 공존성은 항상 갈등과 시비심을 낳게 됩니다.

나와 사랑이 둘이 되어 공존하는 것은
미성숙 분별의식의 사랑입니다.

사랑은 나와 사랑이 공존할 수가 없습니다.
사랑은 혼과 열정을 더할수록
참이 아닌 관념의 껍질은 사라지게 됩니다.

사랑 혼이 열리어 승화하면
사랑의 빛이 자기 존재며 실체가 되어
나를 찾으려 해도 그곳에는
거짓의 가식과 사념의 껍질은 모두 타버리고
타지 않는 정제된 순수의 혼만 있을 뿐
나는 찾을 수 없습니다.

진실한 혼의 열정은
미혹의 관념과 어리석은 사념의 티끌은 사라지고
자아의 그림자까지 사라져
순수의 열정 밝음인 사랑만 있을 뿐입니다.

사랑은
왜곡된 자아와 미성숙한 영혼을 구제하는
진리입니다.

누구나 참사랑을 통해
무한 자아의 영역으로 성장합니다.

사랑은 순수 밝음의 빛, 열정 사랑뿐
그 외는
티끌의 사념(思念), 자아의 욕망 집착입니다.

사랑 순수의 열정, 생명의 빛은
나를 집착하는 자아의 일점 티끌까지 녹여버리고
어떤 무엇에도 물들거나 타지 않는
정제된 순수의 빛 사랑뿐입니다.

사랑은 분별의 티끌을 소멸하여 정제될수록
혼은 승화하며
그 결정체는 순수의식으로
고귀하고 아름다운 정신의 결정체
순수 생명 빛입니다.

사랑은
미숙한 의식을 다 태워 남은
타지 않는 생명 순수의 혼
순수의 혼은 불길에도 타지 않고

무엇에도 물들지 않는 맑고 영롱한 순수의 결정체
생명 본연의 밝은 성품입니다.

지혜도
성숙하고 완숙할수록
미혹 없는 밝음뿐
그곳에 나는 없습니다.

지혜가 성숙할수록
자아가 사라짐은
지혜를 가림이 나에 대한 고정관념과 집착이며
나에 대한 관념과 집착을 벗을수록
지혜는 밝아집니다.

지혜를 가리는 어둠은
나에 대한 분별과 집착의 사념입니다.

굳어 있는
나에 대한 관념이 풀어지면
지혜는 성숙하고 승화하게 됩니다.

지혜의 어둠은
나에 대한 관념과 의식에 갇힘이며
속박은 나에 대한 관념과 분별의 사념입니다.

지혜가 밝아지면
자아에 대한 관념은 사라지며

완전히
자아가 사라진 상태가
모든 관념과 의식의 속박을 벗어버린 해탈
완전한 지혜의 밝음입니다.

나라는 관념이 지혜를 가리는 어두움이며
지혜가 밝아지면 왜곡된 관념의 얽매임을 벗어
자신의 실체, 지혜의 완전한 밝음에 이르게 됩니다.

지혜가 나입니다.
어둠 없는 완전한 지혜가 나의 실체입니다.
의식이 자기임이 범부며
지혜가 자기임이 성인입니다.
의식은 지혜에 비친 그림자 환영(幻影)입니다.
범부는 의식의 분별 속에 삶을 살고
성인은 분별 없는 지혜의 삶을 삽니다.
의식은 생겨나 곧 사라지는 분별의 사량이며
지혜는 분별없는 밝은 성품입니다.

범부의 지혜는 분별 속에 있으며
범부의 사랑도
분별의 옳고 그름 시(是)와 비(非) 속에 있습니다.

성인의 지혜는 관념과 의식을 초월했고
성인의 사랑은 모든 생명을 사랑해도
시(是)와 비(非)가 끊어진 자리입니다.

범부는 나를 위해 지혜를 밝히지만
성인은 지혜의 밝음뿐 나가 없습니다.

범부는 지혜보다도 자신이 중요하지만
성인은 자신보다도 지혜를 중시합니다.

범부는 지혜를 자신의 종속으로 생각하지만
성인은 지혜가 곧 자신이며 자신이 지혜입니다.

지혜의 언어는 같으나
지혜를 지칭하는 그 실체가 다릅니다.

범부의 지혜는 분별 의식의 밝음이며
성인의 지혜는 원융한 각성(覺性)입니다.

범부와 성인은
자신이라고 생각하는 그 실체가 다릅니다.

범부는 육체나 자아를 자신이라고 생각하고
성인은 초월의 지혜뿐 자아가 없습니다.

성인은

나, 존재와 관념과 의식을 초월했기에
그 마음 허공같이 쓰고

범부는
나라는 자아 관념이 굳어 있기에
마음 씀에 나 중심의 집착과 분별이 있습니다.

영적 성장을 바라는 사람도
나에 대한 인식이 굳어 있으면
영적 성장은 나의 관념과 분별에 얽매어 묶이고
나의 관념 구름조각이 사라져야
영적 성장은 무한 차원의 영성이 열립니다.

영적 성장을 방해하는 것은
나, 자아 관념에 대한 굳은 인식입니다.

나, 자아의 굳은 관념이 사라질 때
영적 성장은 무한으로 승화합니다.

철저히
내가 사라진 곳에
영적 성장의 충만, 무한 광명이 있습니다.

모든 것은

욕심을 앞세운다고 되지 않습니다.

욕심은
지혜의 성장과 완성에 방해가 됩니다.

욕심보다는
혼의 열정을 더하는 것이
높은 무한 이상이 가까워질 것입니다.

욕심은
항상 나를 앞세웁니다.

앞세운 나는
무엇이든 혼의 열정 앞에서 망설이게 되고
나를 앞세움에 혼의 열정이 굳어버리거나
나의 한계에 식어버릴 수 있습니다.

욕심을 앞세운 것에는
이상과 완성은 멀어질 수도 있습니다.

열정에 의해
내가 문득 사라진 곳
그곳에서 나 없는 무아의 세상
이상과 완전한 완성세계를 만날 수 있습니다.

그곳에서

완전한 사랑, 완전한 지혜도 만날 수 있고
진리도 볼 수 있고
그리고
자연 속에 나가 사라진 춤꾼

허공, 바람, 물, 태양,
흙, 생명의 참모습을 볼 수 있습니다.

진정한 완성을 추구하지만
나의 환영(幻影)이 굳어버린 존재 의식과
관념이 풀어지기 전에는
더 높은 사랑도
더 넓은 자유도
더 밝은 지혜도
더 큰 영적 성장도
더 큰 삶도 살 수가 없습니다.

나,
그것은
사랑, 자유, 지혜의 완성, 궁극의 이상
완전함 그 자리에 이르기까지 가면서
풀어야 할 과제입니다.

무엇이든
그 궁극의 완성을 이루고자 하면

그 궁극 점에서
나의 굳어진 자아 관념을 벗어나지 않으면
진정한 완성자가 될 수가 없습니다.

그러나
단지 나를 버린다 하여
버릴 수 있거나, 버려지는 것은 아닙니다.

나의 잘못된 인식을 깨달을 때
잘못된 인식의 환영(幻影)은 사라지게 됩니다.

혼의 열정 한 순간 미혹을 벗는 깨달음에
나의 관념과 잘못된 인식의 환영은
사라지게 됩니다.

왜곡되고
잘못된 의식이 사라진 곳에
허공과 같이
바람, 물, 태양, 흙, 생명과 같이
사랑의 화신이 되어
나 없는
궁극 절대(絶對) 절정
무아(無我)의 춤을 추게 될 것입니다.

절학(絕學)

학(學)의 궁극(窮極)은
절학(絕學)이다.

학(學)의 궁극(窮極)을 향한 열정은
절학(絕學)에 이르게 한다.

절학(絕學)은 학(學)을 넘어선
실제(實際),
살아 생동하는 학(學)의 실체(實體)다.

학(學)에 머물거나 학(學)에 만족한다면
그것은 학(學)일 뿐 학(學)의 실제(實際)가 아니며
학(學)의 진정한 열정은 학(學)을 넘어선
절학(絕學)에 이르게 한다.

절학(絕學)은 학(學)의 근원이며
학(學)의 실제(實際)다.

학(學)의 길은
학(學)에 머물지 않고

학(學)의 실제(實際)에 이르게 한다.

학(學)의 궁극(窮極)을 향한 열정은
학(學)의 본체(本體)며
학(學)의 살아있는 실제(實際)인 절학(絕學)에
이르게 한다.

학(學)은
먼저 경험하거나 터득한 자취며 세계다.

학(學)의 실제(實際) 경험과 참맛의 터득은
학(學)을 넘어선 곳에 있다.

학(學)의 실제(實際)는
학(學)을 넘어선 세계
언어(言語)가 아닌 촉각과 감각으로
생명과 실체(實體)가 맞닿는 자각(自覺)으로
알게 된다.

학(學)은
이념과 관념에 투영되거나 얽매이게 되고
사고와 인식한계에 묶이거나 예속하게 된다.

학(學)은 인간 정신문명과 삶
사회문화와 의식의 변천과 발달과정의 것이다.
그러나 학(學)의 실제(實際)의 실체(實體)는

인식과 의식의 차원과 틀에 얽매어 있지 않다.

인간의 인식은
관념의 차원 속에 이루어지며
관념과 의식은
자기 또는 집단의식에 치우치게 되고
자기 또는 집단의식 속에
인식세계를 투영하고 받아들이는 학(學)의 틀을
형성하게 된다.

학(學)에 젖어 있으면
학(學)을 뛰어넘을 수 없고
학(學)에는 학(學)의 실제(實際)가 없어
학(學)의 한계를 벗어나지 못한다.

그러나
학(學)을 뛰어넘은 절학(絕學)의 세계도
학(學)을 통해서 가능하다.

학(學)은 필요한 것이나
또 다른 옳고 그름의 관념과 인식에 물들게 하는
요인(要因)이기도 한다.

옳고 그름이
자기 관념과 색깔이며
옳고 그름을 넘어선 곳에

학(學)의 실제(實際)가 있으니

진정한
학(學)의 세계는
학(學)을 넘어서 절학(絶學)에 이르므로
깨닫게 된다.

관(貫)은 장애며
변(邊)이 동공(瞳孔)에 들어오니
시선(視線)이 중(中)을 찾네.

걸림 없으면
통(通)일 뿐
관(貫)이 없고

시선에 변(邊)이 없으면
일체가 중(中)이네.

심중(心中)에
물(物)이 있으면
정신은 관(貫)을 생각하고
동공은 중(中)을 향하네.

시선에 물(物) 없으면
관(貫) 없는
일체(一切)가 중(中)이다.

6장_ 관중(貫中)

삼 약(三 藥)

사람
마음을 아름답게 하고
영혼이 평안을 얻으며
삶이 행복해지는 것은
물질만으로 얻어질 수 있는 것은 아니다.

물질은
삶에 필요한 것이나
삶에 아픔의 요인이 되기도 한다

사람의
마음, 영혼, 삶이 아름답고 평안하며
행복하게 하는 세 가지 신비한 약(藥)이
사람의 땅 약산(藥山)에 있다.

첫째 상약(上藥)의 이름은 진리며
둘째 중약(中藥)의 이름은 종교며
셋째 하약(下藥)의 이름은 신앙이다.

첫째 상약(上藥)인 진리는

약성(藥性)이 뛰어나 먹는 자 누구든
무슨 병이든 치유되며 건강을 완전히 회복한다.

둘째 중약(中藥)인 종교는
약 성분의 특수성 때문에 체질이 맞으면
병이 치유되며 삶에 기쁨을 얻는다.

셋째 하약(下藥)인 신앙은
누구나 인연을 따라 구할 수 있으며
지성으로 정성껏 복용하면 소원을 성취한다.

이 세 가지 약은
사람의 땅 약산(藥山)에 가면 구할 수 있다.

약산(藥山)에 가면
상약(上藥)을 파는 곳이 있고
중약(中藥)을 파는 곳이 있고
하약(下藥)을 파는 곳이 있다.

또한
상약(上藥)과 중약(中藥)을 파는 곳이 있고
상약(上藥), 중약(中藥), 하약(下藥)
모두를 파는 곳이 있다.

약사(藥師)의 비방(秘方)과 지혜에 따라
병자의 체질과 병리(病理)를 고려하여

상약(上藥), 중약(中藥), 하약(下藥)을
각각 분리한 약(藥)과

안에는 상약(上藥)을 넣고
겉에다 중약(中藥)을 싸서 제조한
상중약(上中藥)과

중심에 상약(上藥)을 넣고 겉에다
중약(中藥)으로 싸고
또, 중약(中藥) 겉에는 하약(下藥)을 싸서
상약, 중약, 하약의 세 약성(藥性)을 지닌
상중하약(上中下藥) 종합 약을 제조하여
어떤 체질과 어떤 병을 가진 사람이라도
그 약으로 다 낫을 수 있도록 제조한
종합 약을 파는 곳도 있다.

그러나 상약(上藥)은 귀하고 구하기가 어려워
아직 상약을 구경하지도 못한 약사도 있고

약사 중에는 상약을 잘 몰라
자신이 구한 약제가 상약인 줄 알고
상약이라고 파는 곳도 있다.

상약은
약(藥)을 파는 곳에도 없는 곳이 많다.

상약(上藥)은 약사(藥師)가 제조한 약이 아니고
상약은 약성이 뛰어난 자연상태 그대로의 약이다.
상약을 구하면 어떤 것도 섞지 않고
구하는 자가 있으면 자연 그대로 준다.

상약(上藥)은 약성(藥性)이 뛰어나
어떤 것이라도 섞으면 약성을 잃으므로
어떤 제조나 변형을 가하지 않고 그대로 복용한다.

중약의 약성은 교(敎)다.
중약(中藥)은 약사(藥師)의 비방(秘方)에 따라
조제된 약이므로
중약(中藥)에는 약사의 비법이 들어 있다.

약을 파는 곳에 여러 중약(中藥)이 있어도
약사의 비방(秘方)에 따라
중약의 모양과 빛깔과 맛의 약성 차별이 있으니
그 효력도 약의 성질에 따라 차별이 있다.

하약(下藥)의 약성은 신(信)이다.
상약(上藥)과 중약(中藥)을 못 구하였거나
어떤 약을 복용해도 병이 낫지 않는 사람은
하약(下藥)으로 병을 치료할 수가 있다.

약사가 조제한 하약도 있으나
약사의 약이 아니어도 정성이 지극하면

인연을 따라 하약을 얻게 되는 경우도 있다.

정성이 부족하고
눈이 어두우면 약이 보이질 않아도
정성이 지극하면 인연을 따라
어떤 약이든 얻게 되는 경우가 있으니
깨닫고 보면 어느 것 하나 약 아님이 없다.

인연이 있으면
하약을 복용하다가 중약과 상약을 만날 수도 있고
중약을 복용하다가 상약을 얻을 수도 있다.

삼약(三藥)이 아니면
무엇으로도 충족할 수 없고,
삶의 무한 갈증을 씻을 수가 없다.

상약인 진리, 중약인 종교, 하약인 신앙이
행복을 추구하는 사람들에게
물질적 삶으로부터 얻을 수 없는
마음의 행복과 삶의 기쁨을 얻을 수 있다.

완전한 행복은
무엇을 얻어서 구해질 수 있는 것이 아니고
자신 내면의 깨달음과
영적 충만으로만 채울 수 있다.

진리와 종교와 신앙은
그 근원과 갈래가 다르다.

진리는
교주도, 가르침도, 신앙도 없다.

종교는
교주가 있으며, 교주의 가르침이 있다.

신앙은
능력의 대상만 있을 뿐이다.

진리(眞理)는
모든 것의 근원이며
자아의 본성을 깨달음으로 알 수 있다.

나라는 존재는
모든 것 속에 하나며
나의 근원이 곧 만물의 근원이며
만물의 근원이 나의 실체며, 나의 본성이다.

진리의 궁극은
하늘과 땅의 근원인
나의 본성에 들게 된다.

진리는
어떤 언어나 형상이 아니니
진리를 깨달았다 하여 보여줄 수 없고
드러낼 수 있는 것이 아니다.

진리는
스스로 깨달음으로 알뿐
생각과 추측, 지식으로는 알 수가 없다.

그러므로 생각과 인식
지식을 초월한 깨달음을 통해
진리를 알게 되는 것이다.

종교(宗敎)는
진리를 깨달은 교주가 있고
교주의 가르침이 있으며
가르침을 따르는 제자가 있다.

깨달음은
만물의 근원, 존재의 실상,
나의 본성을 깨달음이 진리를 깨달음이다.

종교의 가르침은
나의 실상과 근본, 천지의 근원과 시초,
삶과 세상과 만물의 이치와 현상의 가르침이다.

자아의 실상을 깨달음이
종교의 근본이다.

종교 가르침의 특색은
교주 깨달음의 지혜 속에서 이루어진다.

각 종교는
교주의 깨달음과 가르침의 의지에 따라
차별과 특색이 있다.

천지의 시초, 나의 근원,
세상의 진리와 작용에까지 밝힌 것이
종교의 가르침이다.

왜 종교는 이것이 중요할까?
사람의 생명과 삶 또한 이 진리 속에 있으며
삶의 섭리가 이 속에 있기 때문이다.

삶의 모든 문제와 해결점은
이 진리가 아니면 해결할 수 없고
또한, 이 진리를 벗어나면
어떤 구제의 방법도 없기 때문이다.

이 진리만이
사람의 삶과 생명을 구제하는
유일한 길이기 때문이다.

삶의 현상과 결과는
반드시 자연 우주의 진리, 섭리에 의한 결과다.

이 진리 속에
모든 존재의 삶과 생태의 섭리가 있고
삶의 문제와 해결이 이 진리에 있다.

자연 속에는
왜 이런 가치와 진리가 있을까?
그것은 사람의 생명, 영혼, 육체, 그리고 삶,
사람과 만물의 생태 현상과 변화
이 모두는 그 근원이 자연섭리의 현상이다.

자연의 섭리로 만물과 사람이 생겨났으니
그 섭리 속에는 삶의 생태와 요인
문제와 해결점이 그 섭리 속에 있다.

모든 종교의 가르침이
이 섭리의 원리를 벗어날 수가 없다.

바른 종교의 가르침은
이 세상의 진리를 깨닫도록 도와주고 있다.

깨달음에 의한 가르침은
삶을 평안하게 하고, 마음을 다스리며
생각과 관념이 왜곡된 어리석음을 일깨우고

존재의 실상과 자아의 근원에 대한
지혜의 말씀과 삶과 존재의 진리 가르침이다.

그 가르침의 진리는
자신과 진리와의 연관관계
현상세계와 진리와의 연결구도
삶의 시초와 변화와 작용
마음과 삶의 행복에 대한 지혜의 가르침이다.

신앙(信仰)은
구제(救濟)의 대상에 대한 믿음이다.

신앙에는
교주도, 가르침도 없다.

신앙에는 구제의 믿음과
능력의 대상만 있을 뿐이다.

그러나 신앙이 종교의 틀 안에 있으면
그 신앙은 종교적 신앙이 되며
종교의 틀 밖에 있으면 신앙만 있을 뿐이다.

신앙은 신앙일 뿐 종교가 아니며
종교는 종교일 뿐 신앙이 아니다.
또한, 진리는 진리일 뿐 종교도 신앙도 아니다.

진리는
자신과 존재의 참 세계다.

종교는
실상을 중시하는 종교도 있고
현상을 중시하는 종교도 있고
믿음을 중시하는 종교도 있다.

중요시함에는
종교적 구제의 특성이 그 안에 있기 때문이다.

종교의 특성과 목적에 따라
차별이 있으나
종교는 나와 이 세상을 주제로 한 가르침이다.

가르침이 다르다 하여
세상이 여러 개로 조각나거나
이 세상이 여러 진리에 의해
교차하며 쌍으로 운행되는 것이 아니다.

진리, 종교, 신앙은 인간사의 일이니
우주와 자연의 운행은
인간사를 초월하여 유유자적할 뿐이다.

모든 옳고 그름의 시비는 인간사이니

보는 자의 시각과 깨달음의 정도에 따라
달리 인식할 뿐이다.

바른 진리와 종교와 믿음은
미혹을 벗고 바르고 바람직한 밝은 견해로 이끌며
자신의 삶과 이웃과 세상에 이롭고 아름답게 할 뿐
시비의 대상이 아니다.

참다운 진리의 길은
자기의 본성을 일깨우고
이웃을 위한 진정한 사랑의 실천과
세상의 행복과 평화를 위하는 삶이
진리의 길이다.

약산(藥山)에 가면
상약(上藥), 중약(中藥), 하약(下藥)이 있으니
상약(上藥)을 복용하여 밝은 지혜로 세상을 밝히고
중약(中藥)을 복용하여 성인의 사랑을 실천하며
하약(下藥)을 복용하여 만인의 행복을 위해야 한다.

약산(藥山)에 삼약(三藥)을 잘 복용하면
마음과 영혼이 맑고 밝아 행복하고
사랑이 충만한 평화의 삶을 살 수가 있다.

약(藥)은

심신(心身)을 건강하게 하고 이롭게 하며
병(病)을 다스리며 치료하는 것이다.

그러나 심신과 삶을 건강하게 하고
모두의 행복을 위해 의식을 선행적으로 이끌며
개인과 만인과 세상의 삶을 이롭고 평화를 도모하는
약산(藥山)에 약(藥)을 복용하고
의식이 성숙하지 못하여
어두운 욕심, 교만, 사심(邪心)이 돋아나면
약(藥)의 선행적 이끎이 왜곡되어
자신과 이웃에게 해가 될 수도 있으니
성숙한 선행정신과 지극한 생명사랑으로
왜곡된 심리와 잘못된 사심(邪心)을 소멸하여
자신과 만인에게 이롭고 심신과 삶이 건강한
약성(藥性)을 회복해야 한다.

약산(藥山)에
삶의 아픔과 고통을 씻어주는
삼약(三藥)의 꽃이 활짝 피었으니
너의 사랑이 나에게
나의 진리가 너에게
아름다운 삶과 세상이 되도록
생명과 심신을 구제하고 삶을 건강하게 하는
약(藥)의 삶을 살아야 한다.

진리는?

진리는 특별하지 않다.
만약 특별하다면 그것은 진리가 아니다.

진리가 특별하지 않기에
모든 사람의 마음과 삶을 구제하고
정신을 아름답게 할 수 있다.

진리가 특별하지 않기에
대부분 사람이 진리를 예사로이 생각하고
쉽게 진리를 인식하지 못한다.

진리는 멀리 있는 것이 아니다.
너무나 가까이 있기에 깨달음이란 언어를 쓴다.

멀리 있다면 애써 찾고 구해야겠지만
너무나 가까이 있기에
격(隔)과 벽(壁)이 없어 볼 수 없고
깨달음을 통해 진리를 알게 된다.

진리를 멀리하거나 무시할 수가 없는 것은

삶과 영혼을 평안하게 하고
세상의 평화가 진리에 있기 때문이다.

어떤 사람은
종교가 진리라고 생각하는 이들도 있다.

그러나
종교는 종교일 뿐 진리가 아니다.

종교를 믿음으로 진리 안에 있고
종교를 믿지 않음으로
진리 밖에 있는 것이 아니다.
종교를 믿으나 믿지 않으나 진리 속에 있다.

진리는 누가 만든 것이 아니기에
종교 이전에도 있었고
종교가 없어도 진리는 사라지지 않는다.

신앙적 종교는
신앙을 통해 삶의 지혜를 일깨우고
마음의 평안을 주며
깨달음의 종교는 바른 지혜를 일깨우고
진리를 깨닫도록 이끌어 줄뿐이다.

진리 때문이 아니라
종교적 이기심 때문에 세상의 평화와

사람의 삶이 파괴되는 경우도 있다.

그것을 보며 진리를 외면하는 사람들도 있다.

그러나
종교는 종교일 뿐 진리가 아니다.

종교는 종교적 자기만의 색깔과 이념이 있지만
진리는 어떤 색깔도 이념도 없다.

진리는 누구에게나 평등하며
공평한 것이다.

진리를 종교의 틀 안에 가둘 수 없다.

진리가
사람에 따라, 종교에 따라 차별이 있다면
그것은 진리가 아니다.

진리는 누구에게나 보편적이며 평등하므로
누구에게나 가치 있고 소중한 것이다.

진리,
그것은 깨달은 자의 언어다.

깨닫지 못하면 진리를 모르기에

진리라는 언어를 이해하지 못한다.

진리라 함은
무엇보다 삶의 소중한 으뜸 가치며
누구에게나 바르고 참된 길이며
삶과 정신을 평안하게 하고 행복으로 이끌며
모두에게 절대적 가치와 평화를 주고
언제나 항상 변함없는 삶의 표상이므로
진리라고 한다.

누구나 진리를 몰라도
진리 속에서 삶이 이루어지고
숨을 쉬며 살아가고 있다.

진리 그것은
곧, 생명 그 자체며
모든 만물의 존재 성품이며
너와 나의 본성(本性), 생명 성품이다.

진리(眞理)의 논거(論據)

사람의 삶과 정신에 가장 가치 있고
이상적인 것이 진리(眞理)다.

진리는
만물의 본성이며
존재의 생명이다.

진리의 역할은
심성을 밝게 하고
마음의 안정과 평화를 갖게 하며
정신승화와 의식을 밝게 깨어 있게 한다.

진리는 빈부귀천, 영적 고하(靈的高下)
모든 차별을 초월하여
삶과 정신
세상의 평화와 안정을 기하는
가치를 가지고 있다.

진리는
누가 창조 또는 창안하거나
만들 수가 없다.

왜냐면, 진리는 만들거나
조작되는 것이 아니기 때문이다.

진리는 무엇이며, 어떤 것이기에
만들 수 없는가?

진리는
우주의 근본인 존재의 본성이며
만물의 생명이기 때문이다.

진리는
특별하지 않고
누구에게나 평등하고 공평하며
보편적이다.

진리는

조작한다고 조작되고
꾸민다고 꾸며지고
파괴한다고 파괴되는 성질이 아닌
불변성이다.

진리는
감추거나 숨긴다고
감춰지거나 숨겨지는 것이 아닌
모든 존재의 본성이다.

진리는 사람뿐 아니라
하늘과 땅, 산천초목과 동식물들
물, 불, 바람, 흙에 이르기까지
진리 속에 있다.

감춘다고 감춰지고, 숨긴다고 숨겨지고
특별한 자만이 소유하거나 누린다면
진리가 아니다.

진리는
누구에게나 평등하며
어디에나 항상하고
무엇에나 부족함이 없는
평등하고 보편적이다.

그러므로
진리의 논거는
나의 존재를 벗어날 수 없고
나를 떠나 정의(定義)할 수 없는
존재의 실체(實體)다.

진리의 근거(根據) 근간(根幹)이
나로 비롯해야 하며
나와 연계된 실제(實際)며
실체(實體)여야 한다.

진리의 근거는
반드시 나를 연계해야 하며
근거가 나를 벗어나거나
추상적이거나 실재(實際)가 아니며
실체(實體)가 분명하지 않고 명확하지 않거나 없으면
그것은 진리가 아니다.

진리는
관념이나 추상이나 생각으로는
알 수가 없다.

진리의 실제(實際)와 실체(實體)는
형체가 아니며, 촉각으로 알 수가 없으므로
반드시 깨달음을 통해 알 수 있다.

깨달음이란 눈뜸이니
눈뜸이란 혜안(慧眼)이 열림이며
심안(心眼)이 열림이며
정안(正眼)을 가짐이다.

깨달음이란 언어는 자각(自覺)의 언어니
혜안(慧眼), 심안(心眼), 정안(正眼), 눈뜸,
자각(自覺), 이 모두는
창조나 조작적 언어가 아니고
있는 그대로를 바로 보는 것을 말한다.

깨달음이란
진리가 자신에게 있으므로
눈뜸으로 바로 진리를 깨닫게 된다는 뜻이다.

바른 진리를 깨달은 성인(聖人)은
진리를 가르치고
진리를 깨닫게 하며
깨달음으로 가는 길을 제시하고
진리로 만인의 삶과 심성을 구제한다.

성인(聖人)이 다르다 하여 진리가 다를 수 없고
진리는 같으나 가르침의 방법이 다르다면
그것은 상대를 위한 방편일 뿐이다.

깨달음이 진리가 아니면
그 가르침은 진리를 벗어나게 된다.

깨달음이란 마음의 눈뜸을 일컬음이나
그 깨달음이 무엇을 지칭하는지
또한, 눈뜸이 무엇인지
그 눈뜸의 깊이나 정도(程度)를 지칭하는
언어는 아니다.

불법(佛法)에서는
진리를 보는 깨달음을 지칭하는 언어가
견성(見性)이다.

견성(見性)은
성(性)을 봄[見]이다.

성(性)이 진리이니
성(性)은 존재의 본성(本性)을 일컬음이다.

견성(見性)은
자기의 본성, 존재의 실상을 바로 보는 것이니
우주의 본성(本性)과
마음의 본성(本性)을 보는 것이다.

우주의 본성과 만물의 본성과
마음의 본성은 하나다.

형상이 있거나 형상이 없거나
물질이거나 마음이거나 모든 존재의 근원은 하나일 뿐
둘일 수 없다.

견성(見性)이 아니면
그 눈뜸의 앎은 차별 견식(見識)일 뿐이다.

진리는
일체 차별을 초월한 본성(本性)이며
절대 무위(無爲)인 무상 성품(無相性品)이다.

진리에 대한 왜곡된 가르침은
진리가 아니며
진리의 가치를 가질 수 없다.

진리는 현상을 초월한 성품이니
진리를 깨달음은 반드시 현상을 초월한
초월의 지혜를 열게 된다.

진리는 존재의 일체를 초월하므로
앎에 의한 일체 시비와 분별을 초월하며
차별의식의 분별과 일체 옳고 그름을 초월한
일체 존재의 근원이며 본성인 절대 성품이다.

진리는 오직 하나뿐
어떤 차별이나 분별이 있을 수 없다.

모든 차별은 현상과 의식의 차별이니
진리를 깨달으면 일체 차별현상과 차별의식을 초월한
초월지혜를 열게 된다.

모든 존재는
그 근원이 하나며 진리를 차별이 없으며
진리가 둘일 수 없고 다를 수가 없다.

다른 진리가 있다면 그것은 진리가 아니라
차별의식과 관념일 뿐이다.

진리는 어디에 예속되거나
어디에 국한되는 것이 아니다.
진리는 어디에나 어느 것에나 평등하고
차별 없는 보편의 것이다.

진리는
존재의 실상과 본성을 깨달음으로 알 수 있으며
진리는 모든 관념과 인식을 벗어난
초월성품이다.

누구든
관념과 인식을 초월해 본성을 깨달으면
진리는 오직 하나며
아주 특별한 것이 아니라 모두에게 있는
보편의 것임을 깨닫게 된다.

만약 진리라고 일컬으며
그 근거(根據)의 근간(根幹)이
나의 본성 실체(實體)에 근간을 두지 않으면
진리를 벗어나게 된다.

진리(眞理)는
무위(無爲)가 본체(本體)며
상(相)이 없다.

진리는 모든 존재의 근원이며
우주 자연과 모든 생명의 본성이다.

근원이라 함은
두 가지의 관점에서 살펴볼 수가 있다.

하나는 존재의 시간적 근원인
존재 상속의 근원, 시간적 과거 태초의 근원과

또 하나는 존재의 본성적 근원인
존재의 본질 바탕인 근원이다.

진리는 두 근원의 체(體)며
시간적 근원과 현상의 바탕은 하나다.

시간적 근원은 상속적 근원이며
현상의 바탕은 본성적 근원이다.

만물의 근원과 본성은
시간적이든 본성적이든 차별 없는 하나다.

모든 현상은 조건성에 따라
형태와 성질만 변할 뿐
근원이나 본성이 변하는 것이 아니다.

형태와 성질은
머묾 없는 조건으로 생겨나고 변화하며 사라지니
존재하는 무엇이든 머묾이 없으며
고정된 자성(自性)을 갖고 있지 않아
조건성에 따라 변화한다.

형태와 현상의 근원을 알려면
시간적 근원으로 되돌아가지 않아도
존재의 본성을 바로 보면 된다.

진리의 초월지혜를 얻지 못하면
존재의 시간적 상속의 근원, 태초의 근원에 까지 가야만
존재의 근원을 알 수가 있다고 생각하게 되나
진리를 깨달아 초월의 지혜를 열면
존재의 실체를 바로 깨달음으로
존재의 근원을 바로 보게 되며
시간적 상속의 근원으로 쫓아갈 현상의 존재 그 자체가
없다.

왜냐면,
일체 존재 현상이
의식에 맺힌 환영(幻影)이기 때문이다.

일체 심식(心識)과 만물 존재의 현상은
의식에 맺힌 환영(幻影)의 상(相)이니
일체 현상의 뿌리 의식이 사라지면
일체 존재와 현상이 환(幻)임을 깨닫게 된다.

그러므로 존재 상속의 근원, 태초 근원으로 가야 할
존재 그 자체가 실체가 없다.
태초의 근원을 생각하는 것이 현상에 의한 생각일 뿐
진리를 깨달으면 존재의 본성을 깨달으므로
바로 존재의 근원 태초를 바로 보게 된다.

태초의 근원은 현상의 상속적 근원이며
존재의 본성은 현상의 바탕 근원이니
존재의 본성을 바로 봄이 태초의 근원을 보는 것이다.
그러므로 태초의 근원과 존재의 본성은 둘이 아니며
차별이 없다.

존재의 본성을 바로 봄으로
일체 존재의 본성과 근원을 바로 깨닫게 된다.

모든 현상은
존재의 본성으로부터 인연의 조건을 따라 생성된

머묾 없는 흐름의 현상이다.

존재 현상의 흐름은 바뀌어도
존재 근원의 본성은 바뀌거나 변하지 않는다.

또한, 존재의 현상이 태초의 근원을 벗어나 있지 않고
태초의 근원으로부터 인연을 따라 생성된 것이다.
태초 근원의 성품은 현재 현상의 바탕이며 본성이다.

태초의 근원은 변함없이
현재 흐름의 시간과 현상에 걸림 없이
항상 그 모습 그대로 존재한다.

이것이
존재의 본성이며 만물의 근원인 성(性)이다.

이, 존재의 본성, 만물의 근원을 깨달음을
견성(見性)이라고 한다.

성(性)은
진리의 본체(本體)며
만물(萬物)의 본성(本性)이며 근원이다.

시간은 형체적 현상의 변화와 흐름일 뿐
그 본성은 형체나 현상이 없어
변화나 시간의 흐름이 존재하지 않는다.

변화와 시간은
현상의 작용과 변화에 의한
물질적 의식적 현상의 흐름과 인식의 단위일 뿐이다.

존재의 본성은 형체와 현상이 없으므로
현상의 변화인 시간과 변화의 흐름이 끊어졌다.

존재는 본성이 없으면
존재가 성립하고 형성될 수가 없다.

모든 존재의 차별현상은
차별현상의 원인인 인(因)이 인(因)을 싹트게 하는
연(緣)에 의해 일체 차별현상이 벌어진다.
그러나 인(因)과 연(緣)은
단지 인(因)과 연(緣)의 작용을 할 뿐
인(因)과 연(緣)에서 만물이 생성되는 것은 아니다.
만물을 생성하는 것은 인(因)과 연(緣)이 아니라
존재 본성(本性)의 작용이다.
인(因)과 연(緣)은
단지 인(因)의 역할, 연(緣)의 역할을 할 뿐이다.
모든 존재의 생명과 생성 변화의 작용은
성(性)의 작용이며, 단지 인(因)과 연(緣)은
일체(一切) 차별의 인(因)과 연(緣)의 특성적 역할을
할 뿐이다.

그러므로 일체 차별의 근원은 하나며

근원은 하나이나 인(因)과 연(緣)을 따라
형상이 있거나 형상이 없거나
색깔이 있거나 색깔이 없거나
색깔이 단순하거나 색깔이 화려하거나
생명이 있거나 생명이 없거나
생명이 짧거나 생명이 길거나
의식이 있거나 의식이 없거나
의식과 지능이 높거나 의식과 지능이 낮거나
물질로만 형성되었거나
물질과 정신으로 형성되었거나
정신의식으로만 형성되었거나
감각기관이 있거나 감각기관이 없거나
날아다니거나 서서 다니거나 기어 다니거나
날개가 있거나 날개가 없거나
다리가 있거나 다리가 없거나
다리가 둘이거나 넷이거나 여럿이거나
알에서 태어나거나 태에서 태어나거나
땅에서 살거나 물에서 살거나 천차만별
동식물과 만물의 유형무형 차별상을 드러낼 뿐이다.

빗물 소리, 개울물 소리, 폭포소리, 물이 흐르거나
물이 떨어지는 소리 등
물소리는 물에서 나는 것이 아니다.
물은 소리의 인(因)이 되며 물의 상황 조건환경은
물소리를 내는 연(緣)이 될 뿐이다.
물소리는 물이나 물의 환경에서 나는 것이 아니라

소리의 인(因)인 물과 주변환경 조건의 연(緣)을 통해
존재의 본성 성(性)으로부터 인(因)과 연(緣)을 따라
소리가 나오는 것이다.
단지 물과 물의 상황작용과 조건환경은
물소리의 인(因)과 연(緣)이 될 뿐이다.

꽃의 씨앗에서 꽃이 나오는 것이 아니다.
꽃의 씨앗은 꽃의 특성을 피어나게 하는 인(因)이며
꽃 씨앗의 상황환경인 땅과 기후조건 등이
씨앗을 싹트게 하는 조건환경 연(緣)이 되어
존재의 본성 성(性)으로부터
꽃의 인(因)과 연(緣)의 작용을 통해
꽃이 피어나오는 것이다.
단지 씨앗과 씨앗의 상황환경은 꽃이 피어나게 하는
인(因)과 연(緣)이 될 뿐
꽃은 존재의 본성 성(性)으로부터 나오는 것이다.
씨앗과 씨앗의 조건환경이 양호해도
존재의 본성 성(性)이 없으면
씨앗에서 꽃이 피어날 수가 없다.
존재의 본성 성(性)은 인(因)과 연(緣)을 따라
인연(因緣)의 특성 현상을 드러내게 된다.

과일 또한 과일나무가 과일을 만드는 것이 아니다.
과일나무는 과일을 생성하는 인(因)일 뿐이다.
과일나무는 과일을 생성하는 인(因)이며
과일나무의 상황환경이 연(緣)이 되어

인연의 특성을 따라 존재의 본성 성(性)이
인(因)과 연(緣)을 따라 과일을 생성하는 것이다.
과일나무와 주변환경은 단지 인(因)과 연(緣)일 뿐
존재의 본성 성(性)의 작용이 없으면
과일나무와 주변환경이 양호해도
과일나무에서 과일이 열릴 수가 없다.
모든 것이 존재의 본성 성(性)의 작용이며
인(因)과 연(緣)을 따라 꽃이 되고 과일이 될 뿐이다.

바람 소리, 모든 악기 소리 등이
바람이나 악기에서 나는 소리가 아니며
바람이나 악기가 소리를 만들어 내는 것이 아니다.
바람과 악기는 소리를 나게 하는 인(因)일 뿐
바람과 악기의 상황작용 직간접적 조건환경이
연(緣)이 되어 바람 소리와 악기 소리가 나는 것이다.
바람과 악기는 소리의 인(因)이 되며
바람과 악기 소리의 직간접적 조건은 연(緣)이 되어
존재의 본성 성(性)의 작용으로 인(因)과 연(緣)을 따라
무수 차별의 소리가 되는 것이다.
무수 소리의 근원은 바람과 악기가 아니라
존재의 본성 성(性)이며
바람과 악기는 소리의 인(因)이 되며
바람과 악기의 상황환경은 소리의 연(緣)이 되어
존재의 본성 성(性)의 작용으로
소리가 생성되는 것이다.

존재의 본성 성(性)의 작용과
존재의 인(因)과 연(緣)의 인연관(因緣觀)을 통해
무수 차별현상의 세계를 알 수가 있다.
무수 유형무형 차별 현상이라도
그 근원은 존재의 본성 성(性)이며
본성 성(性)의 무유정(無有定)의 작용으로
인(因)과 연(緣)을 따라 유형무형의 무량 차별현상으로
생성되어 벌어지는 것이다.

존재의 근원인 본성은
상(相)과 유위(有爲)가 아니므로
시간과 물질과 정신과 어떤 조건 상태에서도
변하거나 바뀌는 것이 아니다.

현상의 흐름 시간을 거슬러
과거의 시원(始原)에 들어도
그 근원은 현재 존재의 바탕인 본성일 뿐이다.

진리는
시(時), 공(空), 현상(現象)을 초월하며
자재(自在)하고 충만하다.

진리의 본성은
시(時), 공(空), 현상을 창출하나
시(時), 공(空), 현상에 걸림 없고
시(時), 공(空), 현상의 본성으로 존재한다.

진리는
존재와 생명의 실상이며 당체(當體)로서
시공(時空)과 인식과 관념을 초월한
무위 성품으로
불생불변(不生不變), 불생보편(不生普遍),
불생평등(不生平等), 불생유일(不生唯一)인
만물의 근원이며 일체 초월성품이다.

진리는 생각과 관념과 인식으로
추측하거나 헤아릴 수가 없다.

관념과 인식, 상(相), 시(時), 공(空)
일체 유위(有爲)를 초월한 깨달음만이
진리를 바로 보는 길이다.

진리의 논거에
일체 식(識)과 일체 상(相)을 초월한
무위본성(無爲本性)을 근거로 해야 하며
진리의 논거는 일반인식이나 개념의식이 아닌
무위 각식(無爲覺識)이어야 한다.

진리는 만물의 근원이므로
진리를 깨달음이 존재의 본성을 깨달음이며
자신의 실체를 깨달음이다.

진리는 자신을 벗어나 있지 않으며

자신을 떠나 진리는 존재할 수 없다.

진리는 만물과 존재의 근원이므로
진리를 깨달음은 자신의 본성뿐 아니라
하늘과 땅, 우주의 근원과
만물의 본성을 깨닫게 된다.

진리의 깨달음은
일체 관념과 인식과 차별을 초월하며
진리의 심안(心眼)이 열림으로
시종(始終) 없고 생멸 없는
자아(自我)의 본성을 깨닫게 된다.

진리는 나의 본성이며
나의 본성은 만물과 우주의 본성이며
일체에 걸림 없고
시종(始終) 없고 생멸 없는
무애자재(無礙自在)한 무위(無爲)의 성품이다.

깨달음은
미혹의 관념과 인식을 초월한
상(相) 없는
자아의 본성을 바로 봄이다.

진리의 실상을 깨달으면
모든 의식(意識)과 논거(論據)가 사라지고

일체 언어와 현상이 끊어지며
모든 사상과 종교와 진리가 자취가 없고
시(時), 상(相), 방(方), 식(識), 아(我)가 사라져
걸림 없고 막힘 없는
절대 무위(無爲)의 무한 절대성 속에
우뚝 자신이 서 있으리라.

천공(天功)의 혜택

무엇 하나
생명 있는 것은
내가 기른 것이 없다.

사람은
작은 노력을 했을 뿐
물과 햇빛, 자연 조화의
쉼 없는 정성이
생명을 기른 것이다.

작은 풀잎 하나에도
천지의 정성이 가득하고

천지의 조화와
하늘과 땅의 생명력 상생이 있어야
가지에 움이 돋고
어린 꽃망울이 맺히며 꽃이 활짝 피고
열매를 맺는다.

지금
내가 살아 있는 것
내 능력이 아니라
자연환경의 도움이며

지금
내가 살 수 있음은
내 힘이 아니라
남의 수고와 도움의 결과다.

지금
내가 바라보는 것
내 눈이 있어서가 아니라
눈에 보이는 세상이 있기 때문이다.

지금
내 삶이 외롭지 않음은
나 때문이 아니라
삶을 같이하는 사람이 있기 때문이다.

나는
자연의 혜택 속에 살았고
남의 도움 속에 살아가며
이웃과 세상에 의지해 삶의 의지를 가지며
소박한 꿈과 행복을 꿈꾸며
태어나도 외롭지 않은 삶을 살아가고 있다.

내가
눈으로 보고
귀로 듣고
입에 먹는 것 어느 것 하나
남의 노고(勞苦)와
하늘과 땅의 정성과 혜택이 아닌 것이 없다.

내 생명이 살아 있고
살아감은
이웃과
자연의 도움
천공(天功)의 혜택 때문이다.

삶의 길

삶은
나눔의 길이다.

삶은 서로 정을 나누며
상대를 위하며 배려하고
자신이 가진 것을 베풀며 살아야 한다.

이것은
자연의 생명 길이며
생명생태의 자연섭리다.

나눔이 없거나 끊어지면
존재 생태환경에서 사라지게 된다.

나눔은
생명의 길이며 삶의 길이며 살아 있는 이유며
존재 이유며 존재 가치며
삶의 유일한 생명작용이며
존재 생태작용이다.

나눔에는
생명이 있든 생명이 없든
하늘에 있든 땅에 있든 물에 있든
형체가 있든 형체가 없든
나눔은 존재의 작용이며
존재의 가치며
존재 생태섭리의 작용이다.

하늘은
모든 존재와 개체에 자신을 베풀어
허공의 몸체를 다 내어주고
자신의 베풂 속에 모두를 평안하게 하고
삶을 자유롭게 한다.

이것이
하늘의 베풂이다.

이것이
공존(共存)의 필요성이며
공생(共生)의 작용 상생(相生)이며
하늘의 존재 가치며
하늘이 있어야 할 절대적 이유며
하늘의 생태적 가치와 환경의 삶이다.

땅은
땅의 모든 존재와 개체에 자신을 베풀어
자신의 몸체를 다 내어주고
자신의 베풂 속에 모두를 평안하게 하고
삶을 자유롭게 한다.

이것이
땅의 베풂이다.

이것이
공존(共存)의 필요성이며
공생(共生)의 작용 상생(相生)이며
땅의 존재 가치며
땅이 있어야 할 절대적 이유며
땅의 생태적 가치와 환경의 삶이다.

바다는
모든 존재와 개체에 자신을 베풀어
바다의 몸체를 다 내어주고
자신의 베풂 속에 모두를 평안하게 하고
삶을 자유롭게 한다.

이것이
바다의 베풂이다.

이것이
공존(共存)의 필요성이며
공생(共生)의 작용 상생(相生)이며
바다의 존재 가치며
바다가 있어야 할 절대적 이유며
바다의 생태적 가치와 환경의 삶이다.

물은
모든 존재와 개체에 자신을 베풀어
물이 자신을 아낌없이 내어주고
자신의 베풂 속에 모두를 평안하게 하고
삶의 생명을 유지하게 한다.

이것이
물의 베풂이다.

이것이
공존(共存)의 필요성이며
공생(共生)의 작용 상생(相生)이며
물의 존재 가치며
물이 있어야 할 절대적 이유며
물의 생태적 가치와 환경의 삶이다.

빛은

모든 존재와 개체에 자신을 베풀어
빛은 자신을 아낌없이 주고
자신의 베풂 속에 모두를 평안하게 하고
삶을 유익하게 한다.

이것이
빛의 베풂이다.

이것이
공존(共存)의 필요성이며
공생(共生)의 작용 상생(相生)이며
빛의 존재 가치며
빛이 있어야 할 절대적 이유며
빛의 생태적 가치와 환경의 삶이다.

모든 존재와 개체는
자신을 베풀어
자신을 아낌없이 내어주고
자신을 베풂으로 상대를 위하며
존재의 삶을 안정되고 평화롭게 하는 것
이것이 존재 가치며
존재 이유며
삶의 생태 섭리의 길이다.

이것은

모든 존재의 생태작용이며
한 공생 환경의 섭리이다.

그 중 한 개체며 존재인 사람도
이 생태 섭리의 작용으로 태어나
이 존재 섭리의 생태작용으로 삶을 유지하니
사람이라 하여 이 생태환경의 섭리와
작용을 벗어난 삶이 아니다.

자신이 누구며
물질과 심신의 능력이 무엇이든
자신이 가진 것을 나누는
나눔의 삶을 살아야 한다.

이것이 생태의 섭리며 존재의 길이며
존재의 삶이며 존재의 작용이다.

나눔은
살아 있는 삶이며
존재의 활동이며 가치며 이유며
존재 생태의 활성화 작용이다.

사람의 삶에도
이 길이, 이 원리가, 이 섭리가, 이 행위가
부(富)와 귀(貴)와 복(福)의 길이며
명예와 출세의 길이며

사회 속에 존중받고 존경하며
삶을 가치 있게 사는 유일한 길이다.

농부는 공생의 삶에서
사람 몸의 생명을 유지하는
곡식을 담당하는 업을 가졌으니
땀 흘려 곡식을 지어야 할 것이며
자신이 힘써 노력으로 얻은 농작물로
아낌없이 만인을 위하는 것만이
자신이 사는 생태적 유일한 업이며 길이다.

어부는 공생의 삶에서
사람 몸의 유지를 위해
해산물을 담당하는 업을 가졌으니
거친 파도와 싸우며 해산물을 잡아
자신이 힘써 노력으로 잡은 해산물로서
아낌없이 만인을 위하는 길만이
자신이 사는 생태적 유일한 업이며 삶의 길이다.

공업 인은 공생의 삶에서
사람의 삶을 유익하게 하는
공업의 일을 담당하는 업을 가졌으니
자신이 가진 창의적 기술과 능력을 다해
열심히 노력하여 자신이 만든 제품으로
만인의 삶의 이로움을 위해
아낌없이 베푸는 것만이

자신이 사는 생태적 유일한 업이며 길이다.

학식과 지식인은 공생의 삶에서
사람의 지식과 사고, 지혜를 일깨우는
학식과 정신을 담당하는 업을 가졌으니
자신의 삶을 통해 배우고 익힌 지식과 지혜로
아낌없이 만인을 위하며 베푸는 것만이
자신이 사는 생태적 유일한 업이며 길이다.

농부가 열심히 땀 흘려 농사를 짓고
어부가 열심히 파도 속에서 고기를 잡고
사람이 명예와 출세를 위해 열심히 공부하는 것

이 모두가
자신의 꿈을 위한 것으로만 생각하면
이 생각은 삶의 생태와 존재 섭리에 밝지 못한
시야가 좁은 세포적 인식 자기중심적 사고다.

열심히 농사를 짓고, 고기를 잡으며
지식과 지혜의 능력을 쌓고
젊음과 열정을 다해 노력하는 것은
모든 만물 존재의 생태환경이
서로 의지한 도움 속에 삶의 환경을 이루듯
인간사회에 개인의 역량과 능력향상을 위함은
이웃과 사회에 이롭고 더 큰 역량의 나눔을 위한
자신의 능력을 기르는

사회적 삶의 길을 배양하는 것이다.

베풀 수 있는 능력과 자질이
자신의 사회적 역량이며
남을 위할 수 있는 자신의 역량을 기르는 것이
자신 삶을 위한 유일한 길이다.

사회 전체 흐름 생태의 틀을 보는 것과
개인 한 사람의 생리를 보는 것은
삶의 시야 사고의 틀과 전제가 다르다.

삶의 환경은
사회를 벗어난 개인의 삶을 생각할 수 없고
개인을 벗어난 사회를 생각할 수 없듯
개인과 사회의 관계는 삶의 생태환경이며
삶의 관계를 벗어나면 개인이든 사회든
존재할 수가 없다.

공생의 사회적 관계를 생각하지 않는
공생사회에 자신만을 위한 세포(細胞)적 시각은
자기와 연계된 사슬환경 생태를 보지 못하는
공생시각과 공생가치의 안목이 열리지 못한
공생의식이 진화 발전하지 않은 자기중심 사고로
공생 섭리에 어두운 시각이다.

자신의 삶을 위한 시간과 노력은

사회적 사슬 생태환경 공생의 삶 속에
자신의 가치와 역할, 능력의 힘을 배양하는
과정일 뿐이다.

존재의 작용과 삶은
나눔을 받고 나눔을 주는 순환생리의 삶이다.
나눔의 순환 생리작용이 끊어지면
존재는 소멸하게 된다.

자신의 가치는
이웃과 상호작용 공생의 삶 상생관계 속에
자신의 존재와 삶의 가치가 있는 것이다.

공생 삶의 사회에
상호작용의 상생작용이 없으면
자기 존재와 삶의 가치를 잃는다.

존재의 가치는
상호작용에 의한 실용의 가치다.

시선이 자기만을 향해 있으면
상생의 순환생리 속에 있는 자신을 보지 못하고
세포적 시선은 이웃과 사회를 이용하려는
이기적인 사고 중심의 시선에 머물러 있으므로
이웃과 사회가 자기와 연계된 상생 사회환경을
인식하지 못할 수도 있다.

누구나 삶은 공생 사회환경을 벗어나
홀로 존재하는 것은 아니며
누구든 공생사회의 일원일 뿐이다.

시선이 공생 사회환경으로 돌리면
삶의 세상은 자신과 연계되어 있고
그 연계 속에 자신의 삶이 있으며
세상과 자신은 공생관계의 생태환경 속에 있음을
깨닫게 된다.

이웃과 사회를 위한 상생작용
그 길 외는
삶도, 기쁨도, 행복도, 생명도, 존재도,
가치도 상실하게 된다.

자신의 가치는 공생작용 속에 있고
삶은 이웃과 사회를 위한 공생작용이며
명예와 출세도 남을 위하는 관계 속에 있으며
부(富)와 복(福)도 남을 위하는
공생 삶의 혜택 속에서 이루어진다.

나눔과 베풂이 없으면
그것이 하늘이라도
땅이라도
태양이라도
물이라도

빛이라도
너라도
나 자신이라도 공존(共存)과 공생(共生)에
필요 없는 존재다.

나눔과 베풂은
존재의 섭리며 환경이며 생태며
공생사회에 존재의 이유며 가치다.

상대를 위해 나눔과 베풂이 능력이며
힘이며, 세력이며, 가치다.

자기 존재와 생존은
공생의 나눔, 상생작용에 의한 공생의 도움이다.

삶은
오직 나눔의 작용과 행위에 그 가치가 있다.

살아있음은
남에게 나눔을 줄 수 있는 존재의 가치,
나눔의 시간이다.

살아있음은
나눔 받음에 의한 은혜며
살아 있는 삶의 시간은 은혜와 감사의 나눔
사랑 길이다.

삶은
나눔의 길이다.

서로
위하며 베풀고
나눔 속에 삶의 가치와 의미
살아있는 삶의 보람과 행복이 있고
서로 위하는 나눔 속에
존재와 삶의 아름다운 가치가 그 속에 있다.

나눔은
존재의 길이며
관계의 행복과 삶의 가치며
삶과 세상을 아름답게 하는 자연섭리의 길이다.

나눔에
자신의 삶과 운명의 길이 있고
자신의 소중한 존재의 가치가 그 속에 있다.

나, 이것은
소중한 나눔의 매체(媒體), 존재 속에 보석이다.

필연(必然)의 운명

완전함이란
완전함을 인식하는 시각에 따라
다르다.

부족함 없거나
뛰어나 훌륭하거나
결점 없어 완벽하거나
더 없는 최고 최상이거나
아름다움의 결정체거나 이런 것을
완전함이라 할 수 있을 것이다.

그러나 존재에 있어서 완전함이란
자존(自存)이다.

자존(自存)이란
스스로 존재함을 일컫는다.

모든 존재는
스스로 존재할 수 없고
생태환경과 타(他)에 의존해야 하므로

독자 자존(自存) 할 수가 없다.

모든 존재 개체는
독자(獨自) 존재할 수 있는
자존력(自存力)이 없다.

모든 개체가 독자 자존 할 수 없음은
존재는 생태 순환작용에 의해
생성, 작용, 유지, 변화, 소멸하기 때문이다.

개체 생태가 자존적 불완전함으로
자존의 불안정을 유발하게 되고
생태 불안정 해소와 안정을 위해
생태환경 속에 다른 존재와의 상호관계에
의존하게 된다.

이것이 자존적 불완전 존재의
생태안정 섭리며
불안정 개체의 안정유지 필연성이다.

모든 생명과 존재의 행위는
자존 불완전 생태에 의한
존재 생태안정을 위한 작용이며 행위다.

이 행위는
생태환경 속에 상호관계를 가지며

생태안정을 위한 관계 속에
생태 상호작용 환경을 형성한다.

독자 자존할 수 없는 필연(必然)
그것은 나눔의 생태환경을 형성하며
생태안정을 위한 나눔의 환경 속에
존재의 섭리와 생명의 길이 있다.

나의
존재와 생명은
독자 자존(自存) 할 수 없다.

이것은
존재생태 생리며, 섭리며,
존재 필연(必然)적 운명이다.

이 세상 무엇 하나
홀로 존재하는 것은 없고

지금
내가 살아 있음과 존재함은
나의 힘이 아니라
생태환경의 혜택과 도움 때문이다.

독자 자존력이 없는
내 존재의 운명은
나의 생명과 능력에 있지 않고
생태환경의 상황과 혜택에
내 존재의 운명이 달렸다.

이것은
존재 필연(必然)의 운명이며
독자 자존 할 수 없는 존재의 실상이며
모든 존재의 운명이며
섭리다.

시심(時心)

어느 날
시심(時心)을 보게 되었다.

태어나게 하고
죽게 하고

성공하게 하고
실패하게 하고

축복을 주고
불행을 주고

흥하게 하고
망하게 하고

해가 뜨게 하고
해가 지게 하고

비가 오게 하고
바람이 불게 하고

꽃이 피게 하고
꽃이 지게 하고

봄이 오게 하고
봄이 사라지게 하고

겨울이 오게 하고
겨울이 사라지게 하고

시심(時心)은
정(情)이 없고
도도히 흐를 뿐
사람은 그 까닭을 알 수가 없다.

정(情)은 사람의 것일 뿐
시심(時心)은
당연함만 있을 뿐이다.

그렇지 않으면
어찌 하늘과 만물을 다스릴 수 있겠는가!

사람의 억울함이 정당하여도
그 까닭은 하늘이 알뿐
어찌 사람의 짧은 시야로 그 까닭을 알리요?

시심(時心)은

애틋한 정(情)보다
평(平)과 정(正)의 담백함이 정(情)이리라.

하나에 치우치면 전체를 잃고
전체를 생각하면
지극한 극심(極心) 평(平)과 정(正)이
시심(時心)이리라.

그러나 시심(時心)은
한순간도 멈춤 없이
보이지 않는 곳까지 방심하지 않고
작은 티끌에까지 세밀하니
어찌 전체에 정신이 홀려
티끌 하나를 놓치겠는가!

사람의 정당한 억울함도
사람 시야의 한계라
그 이유와 까닭을 알 수 없고

사람 생각에 공평함을 잃은 것 같은
부귀영화 또한
한계를 가진 사람의 시야로
그 이유와 까닭을 알 수가 없다.

좁은 시야론 당연해도
정당하다 할 수 없고

짧은 시야로는 모른다 해도
공평하지 않다고 할 수가 없다.

단지 모를 뿐
억울함과 당연함의 근원을
어찌 다 알겠으며
모른다 하여 그 이유와 까닭이
어찌 없겠는가!

시심(時心)은
전체를 움직여도
티끌 하나 소홀하거나 놓친 적 없고

또한, 티끌 하나에 정성을 쏟아도
전체를 소홀한 적 없다.

어느 것인들 흥하게 해도
시심(時心)은 그에 사심(邪心)이 없고
무엇을 죽음으로 몰아넣어도
티끌 하나도 그에 사심(邪心)이 없다.

시심(時心)은 언제나
지극하고 정당하며 당연하다.

티끌 하나 움직임에도 그 이유가 있고
전체를 무너뜨려도 까닭이 있다.

마음 씀이 기울면
하나뿐만 아니라 전체까지 잃으니

사람이 시심(時心)을 헤아리면
억울함이 있어도
그 이유를 모를 뿐 까닭이 없지 않다.

부정과 긍정은
사람의 일일 뿐
시심(時心)은
긍정과 부정의 길을 벗어나
평(平)과 정(正)의 도(道)를 행할 뿐이다.

시심(時心)을 탓함은
인지상정(人之常情)이나
시심(時心)을 깨달으면
평(平)과 정(正)의 지혜를 쓰리라.

시심(時心)의 도(道)는
지극히 정당하며 지극히 당연하니
누구나 이 도(道)를 놓치면
흥하고 번성함의 길을 잃게 되고
망하고 쇠퇴함을 벗고자 노력해도
망하고 쇠퇴함을 피할 수가 없으리라.

시심(時心)을 탓해도

시심(時心)은 떳떳하고 도도할 뿐
어리석음과 애착을 짝하지 않고

사람의 생각에
억울하고 부당해도
망함이 당연하면 망하게 할 것이며
흥함이 당연하면 흥하게 할 것이다.

시심(時心)은
지극히 당연함을 따라
어느 누가 부당하고 억울하게 생각해도
당연함을 따라
흥망으로 몰아넣으리라.

시심(時心)을 깨달으면
시심(時心)을 알게 되고
시심(時心)을 알게 되면
내일을 맞이하지 않아도 내일을 알리라.

태어나야 할 것은
보이지 않아도 소생하게 하고

죽어야 할 것은
어디에 숨었어도 죽음으로 몰아넣고

흥해야 할 것은

망할 것 같아도 흥함의 길로 이끌고

망해야 할 것은
흥할 것 같아도 망함의 길로 이끄니

시심(時心)을 깨달음이 지혜며
시심(時心)에 밝지 못함이 어리석음이다.

시심(時心)을 깨달으면
욕망을 앞세우지 않고
경솔하고
어리석은 자신을 날카롭게 보며

시(時)를 밝게 보고
열린 지혜의 시야로
정당하고 당연함의 길을 따라
평(平)과 정(正)의 대도(大道)의 길을 가리라.

지락(知樂)

삶 속에 즐거움은 여러 가지가 있다.

즐거움 중에
가치 있고 평생 즐겨도 지겹지 않으며
항상 자신을 밝음으로 일깨우는 것이 있으니
그것이 앎에 대한 낙(樂)이다.

지락(知樂)은
배움을 통해서도 얻으며
눈에 보이고 귀에 들이는 것이나
촉각을 통해서도 얻으며
사색과 사유를 통해서도 얻으며
정신과 수행을 통해서도 얻어진다.

지락(知樂)은
자신의 무지(無知)를 일깨우고
보이지 않는 시야를 열며
삶과 사물에 대한 안목을 열고
무한 시야 밖 세계에까지
안목이 열린다.

지락(知樂)은
마음이 순수하고 티 없이 평안하며
심성이 밝아지고 심안(心眼)이 열리어
말 없는 사물의 뜻을 알게 되고
열린 마음으로 만물을 대하게 된다.

지락(知樂)은
즐거우나 넘치지 않고
부족하나 빈약하지 않고
가득한 것 같으나 항상 비어있고
비어있는 것 같으나 밝음이 있고
앎이 없으나 모르는 것이 없고
드러내려 해도 텅 비어 잡히는 것이 없다.

세상 아는 물건은
앎이 크면 앎이 없고
모름이 크면 앎이 많으며
마음을 비우면 걸릴 것이 없고
생각이 가득하면
사물이 눈에 들어오지 않으며
비운만큼 자유롭고
가득 차 있으면 생각만 번잡할 뿐
마음이 자유롭지 못하다.

없는 것이 만상을 쏟아내고
색깔 없는 곳에서 무수 색깔이 나오며

소리 없는 곳에서 무수 소리가 나오니
없는 것은 보물 중 천하 으뜸이며
가진 것 많을수록 빛을 잃어
그 모습이 궁색하고 빈천하다.

지락(知樂)은
보물도 가난도 아니니
세상을 비추는 한 조각 거울이다.

마음이
물듦 없어 연(蓮)이며

맑은 미소 지으니
티 없는 꽃이네.

시듦 없는 연꽃은
물에서 핀 꽃이 아니라
티 없는 마음에서 핀 꽃이니
상(相) 없는 꽃이라
시듦이 없다네.

밝은 마음
티 없는 사랑에
우는 아이도 티 없이 활짝 밝게 웃네.

7장_ 연향(蓮香)

비원(悲願)

나,
나 없습니다.

나
없습니다.

그
언제인가
어느 곳에서

한
아이의 눈망울에 맺힌
그
눈물을 보며,

그 어느 때인가 비바람 추위에
움츠려 떨고 있는
한 아이를 보며,

그

어느 곳에서 인가
눈이 멀어 앞 못 보고
더듬거리고 있는
어느
한
아이를 보며,

그 언제인가 어느 곳에서
아픈 상처 어루만지며
그
통증에 울음 맺히어 고통스러워하는
한
아이를 보며,

그
눈물 머금은 시선이
시야 가득히 저미어
배어오는 아픔에

그
아이의 눈물이
그 아이의 고뇌가
그 아이의 아픔과 고통, 통증들이

내 가슴 깊숙이 전율 되어 떨리는
아픔이

열병이 되어

저
아이의 아픔이
내 아픔이 되었고

저 아이의 고통과 시련이
내 가슴의 통증이 되어

저
아이의 눈물이
나를 없게 하였고

저 아이 아픔의 시련이
나를 잊게 하여

지난
생(生)의 저편으로부터
발길 내딛는
이
순간의 흐름까지
나 없는 시간 시간의 연속들,

나를 사랑함보다
더
아이를 향한 사랑의 힘이

나
없는
생명 길이 되어

나의 눈물이
나의 고뇌가
나의 기도가

아이의 가슴 깊숙이로부터
기쁨으로 솟아

더
없는
해맑은 웃음 되어
피어날 때까지

어느 곳
어느 허공에 있더라도

맑고 밝은 사랑 두루 한
비원(悲願) 꽃 피우리라.

무연대비(無緣大悲)

부처님
이 어린 생명을 가엾이 여기소서.
이 철없는 생명들을 불쌍히 여기소서.

오로지
당신 눈만을 바라보며 서 있는
이 생명들을 보살피소서.

오랜 나날부터
당신의 손길을 기다리며
비바람 맞으며 서 있는 이들을 보살피소서.

스스로 허물을 알지 못해도
스스로 어리석음을 모르더라도

단지
당신을 바라보는 그 눈빛만으로
이들을 용서하시고 보살피소서.

눈멀고 귀먹은 지 오랜지라

어리석음을 탓하기에는 너무 어린 생명들

어둠 속에서 빛을 갈구하는
단지 그 마음 어여삐 여기사
이들을 보살피소서.

당신만이 오시길 기다리며
입술이 타들어가는 목마름에도
굶주림에 지탱하기 어려워도

주린 배 쥐어 잡고
당신 오시기만을 기다리며 떠날 줄 모르는
이 생명들을 보살피소서.

하나뿐인 생명이 꺼져가도 움직일 줄 모르는
이 가엾은 생명들을 보살피소서.

이 생명들을 위하실 분은
오직 그대 한 분 뿐이요

허물 많고
어리석은 중생들을 사랑할 마음을 가지신 분은
오직
그대 한 분 뿐이오니

이 생명 어리석음 탓하지 마옵시고

무연자비 나투시어
이 생명들을 위하시옵소서.

드릴 것 없고 보여줄 것 없어도
당신을 기다리는 그 마음
하나만 보시옵소서.

서 있은 지 오래인지라
당신을 향한 눈빛만이 살아
목석이 되어버린 이 생명을
불쌍히 여기소서.

가진 건 허물뿐인 이 생명 구제할
사랑을 가지신 분은
오직 당신 한 분이시기에

어리석음, 허물 탓하지 마옵시고
무연자비 베푸소서.
무연자비 베푸소서.

혼(魂) 춤

메말라 얼어붙은 동토의 땅
혹한 추위는 뼛속까지 스미어 살갗을 에이고
차가운 회돌개 모래바람은 옷깃을 거칠게 할퀴어
몸을 가린 천 조각은 허공으로 치솟기고
지친 몸 쉴 곳 없어 사방을 두리번거려도
온통 날카로운 돌밭뿐이라
이 한 몸 잠시 쉴 곳이 없다.

어디에 의탁할 곳 없어
내
옷자락 놓치면 죽을세라 꼭 잡은 철없는 아이들,

이제 날이 저물어 어느 곳에 하룻밤을 쉬려 하나
어느 곳 하나 불빛 보이는 곳이 없다.

냉한 세월이 오래인지라 차디차게 얼어붙은 땅
냉한 모래바람이 불어와 시야 가득 가리어
한 발자국도 내디딜 수 없는
혹한 추위 동토의 땅

달빛 가려 길마저 보이지 않고
한 발자국 한 발자국 가까스로 내딛는 발길

행여나
한 발자국 잘못 내디디면 낭떠러지에 떨어질까
한 발자국 내디딜 때마다
등에 업은 눈먼 아이와
옷자락을 꼭 잡고 놓지 않는
몸이 온전치 못한 아이의 생명이 걱정스러워

혹한 모래바람에도
한 티끌 사념을 둘 수 없고
마지막 남은 한 가닥 꿈마저 희미해져 가는
자국 자국들

그러나 등에 업힌 어린아이와
두려움에 내 옷자락을 꼭 잡고 놓지 못하는
철없는 아이가
나의 희미해져 가는 정신을 자극하는
생명력이 되어
시야의 초점을 새롭게 하고

내 살 찢기어 도려내는 아픔이
가슴 깊이 저미어오는 동토의 땅

이 아픔에

하늘에 별빛을 볼 수 없고
혹한 바람에 꽃향기의 감각도 잃어버린 온 몸뚱이
어느 곳 하나 성함이 없는 이 아픔이
사바의 삶의 실상을 일깨우고
만 생명을 향한 뜨거운 열정이 멍들어
가슴 깊숙이 파고드는 아픔이
대비의 눈물이 되어
무한 공허함 되어 솟구친다.

그 많은 열정이
그 깊은 사랑이
송두리째 빼앗기는 순간, 순간들,

울음,
가슴 깊은 곳 울음
혼 빠진 넋이 울음 되어
가슴을 씻길 때

대비가!
대비의 길이
나 없는 무한 아픔의 멍에
그 자체임을

아픈 가슴 어루만지며 하늘을 치켜 보며
대비의 초점이 가슴 깊숙이 근원으로부터
흩어진다.

이 길이
생명을 사랑하는 모든 이가 가신 길이며
사랑하는 님이 가신 귀의(歸依)의 길인가!

그러나
이 에이도록 아픈 상처의 사랑 속에
모든 이들이 평안할 수 있다면
이 아픔이 어찌 아픔만이겠는가!

아픔을 묻은 자리에 피어오르는
대비신(大悲身),

이 바람에 얼마나 또 할퀴고
또 뜯겨야 하는가!

내 옷자락을 거칠게 할퀴는 이 바람에
나 자신을 송두리째 내어 주고

내 살갗
모든 것을 얼어붙게 하는 이 추위에
내 모두를 내어 주어도
그칠 줄 모르는 혹한 추위와 바람

부르터 뜯겨 나간 살
이 자국에 뜨거운 피가 흘러내려도
그칠 줄 모르는 동토의 바람은

뼛속 깊숙이 아픔이 저미어
가슴 깊이 통증이 파고들고

아픔이 심장 깊숙이 스미어 올수록
내 영혼은 차디찬 신성(神性), 혼 꽃이 되어
긴 머리 풀어헤치고
두 팔을 하늘 높이 뻗어
가슴 속으로부터 솟구치는
아픔과 오열을 쏟으며

달빛 속으로
무아(無我)의 몸짓을 솟구쳐
혼(魂) 춤을 춘다.

나 없는
혼의 몸짓이 달빛 기운에 무르녹아
상서로운 기운이
긴 머리카락 끝까지 뻗치고

동공 깊숙이로부터 솟아오르는 환희의 샘물은
가슴 깊은 바다에 파동 되어 출렁이며

심장 깊숙이 피어오르는
영롱한 혼빛은
우주 깊숙이 가장자리에
맞닿아

온
몸에 전율 되어 사방으로 뻗치어 통하고

몸뚱어리
깊숙이로부터 끌어올린 생명의 진기(眞氣)는
우주 흐름의 호흡이 되어

서서히 흐르는
긴
호흡이
입가에 토해내는 묘음(妙音)이 되어 흐른다.

심장 깊숙이
가장자리로부터 솟아오르는
때 묻지 않은 혼의 생명
밝은 빛
내 심령

온
몸을 감싸고 휘돌아
우주의 저 어느 곳인가로
끝없이 뻗치어 치솟아
승화하는 혼 빛

평온, 평온, 평온,
가슴 저미어 오는 이 법열

나 없는 무한 공간
너 나가 사라지고
이 우주의 씨알 하나까지 사라진
무한, 무한, 무한,

끝없는 법열
법열의 연속 연속들

일체 존재 사라져 버린
희열, 희열,
무드라, 무드라, 무드라,

이 노래......!
입가에 흐르는 이 묘음(妙音)

끝없이 솟구친 영롱한 혼빛 속에 피어난
순백 황금빛 혼꽃,

너와 나
무한 존재

하늘과 땅
영롱한 혼빛 광명으로
충만 충만으로 씻어주네.

아리어 에이는 아픈 고통과 시련

살갗이 부르트는 통증, 통증의 옷들을
훌훌 다 벗어버리고

허공 가득 솟구친 혼빛은
달빛을 휘감고
더 없는
태초 우주 고요의 초월의식을 넘어
대 우주의 살아 있는 심장 박동소리를 들으며

맑고 영롱한 마음 빛을 따라
이 우주의 태초 태동의 혼빛 속으로
오열을 다 쏟아 버린 티 없는 영롱한 빛이 되어
우주 심장 깊숙이에 내 혼빛 스미어
사무친다.

이 기쁨,
이 충만,

모두가 하나 되고
모두 하나이고

너 나가 본래 없는
이 광명
광명의 빛

이 빛은

우주를 정화하고
티 있는 생명들의 의식을 정화하고
모두 다 씻기어
영롱한 청량한 빛으로 소생시킨다.

혹한 바람에 옷깃이 찢기고
부르튼 살갗의 아픈 상처를 또 할퀴는
혹독한 아픔과 통증이
내 영혼을 실어 법열에 들게 하고
고통 뒤에 밀려오는

아!
무드라……
희열, 희열, 희열,

날이 저물어 모래바람이 거칠게 휘몰아치는
저 돌산을
희미한 달빛에 의지하여 내 몸을 맡겨야 하나!

천년 세월이 그러했고
억년의 모습이 그러했어도

어느 한 곳
내 마음 하나 꺾이어 본 적이 없고
내 마음 털끝 하나 내 주어
때 묻어 본적 없는

억년의 청초한 꿈 때 묻히지 않고 살은 삶

사바의 고달픔이 영혼 깊숙이 사무쳐
하늘을 쳐다보니
허공 달이 천년의 고달픔을 씻어주고
동토의 거친 모래바람이 만년의 고뇌를
씻어 내리네.

옷깃을 놓치면 죽을세라 옷자락 꼭 잡은
아이들의 눈망울이
지친 이 마음 바다에 생명수가 되어
모든 시련 접은 마음 빈 한 곳에서
생명 빛이 쏟아지네.

끝없는 사랑 길이 우주를 수놓으며
밤과 낮, 동서남북,
허공 두루 나 없는 혼령 되어

연민 빛 가득 담고
달빛 바람 운하 따라
마음 빛 섬광 솟아 혼 없는 춤을 추며
한숨 한숨 살았어라.

시야 저편 손끝 밖 아픈 가슴 부여잡고
어찌할 바 모르는 그 마음 생각하니
나 없는 무애 춤을 쉴 수가 없어라.

지난 시간 몇이며
지금 시간 몇이며
오는 시간 몇이며

지난 인연 몇이며
지금 인연 몇이며
오는 인연 몇인가!

무수한 시간
대비 손길 인연 닿은 그 모든 인연, 인연들

무한 허공
어느 쪽, 어느 곳에 있어도
들국화처럼
밝은 마음, 밝은 미소 피어나소서.

꽃은
활짝 필수록 보기가 좋고

과일은
익을수록 맛과 향이 깊어진다.

무엇이든 미숙할수록
색깔과 맛이 완숙하지 못하고

완숙의
절정을 이룬 꽃과 과일이어도

미완의
모습을 벗어버린 사람의 향취(香臭)를
따르지 못한다.

8장_ 닮음(終)

길

순수하고 철없는 시절
티 없는 어린 마음에 호기심 많은 눈망울은
밤하늘 별을 보면 동화세계를 보는 것 같아
가슴에 푸릇푸릇 동화 같은 꿈이 생기고
저 하늘 어디인가에
나를 아는 누군가가 있는 것 같고
하늘에서 누가 나를 보는 것 같아
밤늦도록 잠을 자지 않고
반짝이는 별을 보며
어린 가슴에 소박한 소망을 담기도 했습니다.

항상 밤하늘의 별들을 보며
내 영혼은 이 세상과 저 별들을 잇는
느낌을 받기도 했습니다.
손이 닿지 않는 저 멀리 하늘 우주에
반짝이며 빛나는 신비한 보석인 별들을 보며
저 별들처럼 신비하고 순수한 맑은 영혼으로
살고 싶었습니다.

밤하늘에 반짝이는 별과 자연의 모습을 보며

순수한 호기심은 궁금증이 되어
별은 누가 만들었을까?
저 별에는 누가 살고 있을까?
우주의 신비, 자연 생명의 탄생이 신비하고
어린 눈에 보석같이 반짝이는 아름다운 별을 보며
순수한 궁금함이 깊어갔습니다.

어느 여름날이었습니다.
이른 아침 해가 돋기 전 풀 내음이 가득한 개울가
좁은 길을 거닐고 있었습니다.
개울물에서 피어오르는 얇은 물안개는
개울 주위와 길옆 풀 위에 옅게 깔려
여름날의 싱그러움을 더하고 있었습니다.
맑고 신선한 공기와 풀 내음 풋풋한
맑은 이른 아침 길은
마음의 평화와 순수한 감성으로
마음 깊이 안정과 평안을 느끼게 하였습니다.

풀잎에 맺힌 이슬은 신발을 젖게 하고
풀 위를 기거나 날아다니는
손톱보다 작은 풀벌레는
생명의 신비와 아름다움을 느끼게 하였습니다.
그 순수한 평온함과
소박한 아름다운 환경에 젖어
마음의 깊은 평안과
영혼의 끝없는 휴식을 느끼는 이음이었습니다.

한 순간 정신이 청량하고
깊은 맑은 물처럼 한없이 맑아지며
나 자신이 끝없는 우주 무한
티 없이 맑은 신비의 세계로 들어가는
느낌이었습니다.
지금 이 풀 내음 가득한 아름다운 풍경이
인간 세상의 풍경이 아닌
보이는 사물의 빛깔이 아주 섬세하고 선명하며
형언할 수 없이 투명하며 신비하고 아름다운
모습이었습니다.

이 세상에 태어나 처음 보는 현상이며
인간의 촉각으로 느낄 수 없는 아름다운
신비였습니다.
처음 느끼는 신비로움과
눈에 보이는 사물 하나하나가 살아 있는
아름다운 자연의 모습과 에너지는
인간 촉각 세상의 것이 아니었습니다.

한참이나 시간이 흘렀을까
해는 솟아 개울의 물안개도 걷히고
인간의 촉각으로 돌아오니
여태껏 살면서 보았든
빛을 잃어 둔탁하고 생기 없어 칙칙한
사물의 현상이었습니다.

그 느낌은
투명한 밝고 화려한 빛의 색채 세상에서
어두컴컴한 흑백의 세상으로 떨어진
느낌이었습니다.
형언할 수 없고 불가사의한 이 경험은
나 자신의 존재가 이 세상 사람도 아니며
그렇다고 하늘세상 사람도 아닌
내 존재 머문 곳의 정체성을 놓아버린
삶이게 하였습니다.

불가사의한 아름답고 신비로운 경험은
나의 의식과 정신을 새롭게 했으며
무한 존재 다차원 세계에 대한 인식과
우주 정신생명 다차원 세계에 대한 의식을
깨어나게 하였습니다.
우주는 다차원 신비롭고 아름다운 세계며
우주 존재의 세계는 인간 촉각의 영역을 벗어난
다차원 세계임에 눈을 뜨게 되었습니다.

인간 세상은 이기적인 미움이 많은 곳이라
아픔과 기쁨이 공존하며
삶의 지혜와 인내가 필요한 세상입니다.
진실한 정신의 소유자도
아픔을 겪어야 하는 날카롭고 거친 곳이니
삶을 일깨우는 정신과 자신을 다스리는 현명함이
이 세상 삶을 사는 거울입니다.

모든 생명과 존재는
우주의 섭리를 따라 흐르니
잠시 왔다 가는 짧은 한 생의 삶에
정신과 심성을 일깨우며
우주 초(超) 의식 흐름을 따라
승화된 밝은 생명의 삶을 사는 것은
우주와 세상의 축복이며 모든 생명의 감사입니다.

삶의 일상 속에 사유하며
의식에 투영된 빛깔과 사유의 향기를
글 방울에 담아
아름다운 삶을 추구하며
자아의 빛을 밝히시는 생명님에게
마음을 정갈히 하여
사유의 빛깔과 정신 향기의 글을 적어 올리오니
세상 길 바쁘오나
사유와 영감의 흐름을 따라
잠시 무한 사유의 길을 걸어보소서.

사유의 길에서 자신을 만날 수도 있고
세상에 귀한 보물을 발견할 수도 있고
우주의 신비를 알 수도 있고
가슴에 맺힌 매듭이 풀어질 수도 있고
마음에 어둠이 사라질 수도 있고
숭고한 순수사랑이 피어날 수도 있고
심오한 불가사의 정신을 열수도 있고

무심히 던진 눈길에 광명을 얻을 수도 있고
문득 새로운 승화의 빛을 발견할 수도 있습니다.

마음의 평안과
삶의 행복을 위해
춘하추동 가슴의 꿈길을 따라 흐르는 생명님
소중한 삶의 길에
기쁨과 축복
마음의 평온이 항상 하기를 염원합니다.

생명의 삶
씨줄과 날줄의 인연 길
흐르는 시연(時緣) 속에 어디에 머무시며
누구와 있어도
생명의 아픔 씻어주며
따뜻한 마음의 차(茶) 한잔 나누는
소중한 삶의 벗이 되소서.

책을 구상하며

삶의 사유의 갈래와 정신의 빛깔

삶의 이상을 향한 꿈

자연 섭리의 운행과 천명(天命) 순리의 삶

궁극을 향한 정신세계를 따라

삶과 사유의 갈래와

정신 세계의 빛깔 색채를 분류하여

책을 2권 각 1, 2로 분류하여

1권『사유를 담은 가야금 1, 2』와

2권『달빛 담은 가야금 1, 2』로 나누어

총 4권으로 내게 되었습니다.

1권『**사유를 담은 가야금 1**』은

삶의 사유와 생명에 대한 사색을 담았으며

2권『**사유를 담은 가야금 2**』는

삶의 사유와 정신 승화

이상을 향한 꿈과 사색(思索)을 담았으며

3권 『달빛 담은 가야금 1』은
차(茶)의 사유와 정신세계
자연의 섭리와 순리
천명(天命)을 따르는 지혜
순리를 깨달아 이상이 승화된 예(禮)의 세계
이천(理天)의 섭리와 천명(天命)을 여는 길
정신 승화의 길 천성(天性)의 삶을 담았으며

4권 『달빛 담은 가야금 2』는
이상을 향한 심명(心命)의 길
성인과 군자, 왕과 영웅의 도(道)
무한을 향해 열린 심안(心眼)
시(始)의 근원
궁극의 도(道) 성명(性命)의 섭리와 운행
궁극을 향한 무한 정신 승화의 세계를
담았습니다.

자기 자신을 지혜롭게 다스리며
밝은 정신력으로 삶을 극복해야 하는
사고와 정신 변화를 요구하는 시대의 현실에
밝은 생명행복 이상을 향한 삶에
이 책에 담은 사유의 글이 힘이 되고
마음과 삶이 평안하고 행복하기를 소망하며
사유를 통한 정신이
삶의 세상 길에 밝은 빛이 되시길 염원합니다.

삶은 자신을 경영하는 것이며
인생의 기쁨은 노력의 결과며 보람입니다.

삶은 깊은 사유 속에 길이 보이고
극복은
정당하고 현명한 의지로
물러남이 없는 정신 속에 길이 열립니다.

삶이 행복이니
만남 속에 밝게 웃고
정신과 생각이 열린 자신이
세상에 아름다운 소중한 보석입니다.

님의 이름은
세상이 님의 존재를 인정한 소중한 가치
이 세상에 단 하나뿐인 보석
소중한 님의 존재를 세상에 증명하는 이름입니다.

자기 이름은
세상에 소중한 존재, 자신을 증명하는
자신의 가치입니다.

印.

사유를 담은 가야금 2

초판인쇄 2013년 9월 10일
초판발행 2013년 9월 20일

지 은 이 박명숙
펴 낸 이 소광호
펴 낸 곳 관음출판사

주   소 130-070 서울시 동대문구 용두동 751-14 광성빌딩 3층
전   화 02) 921-8434, 929-3470
팩   스 02) 929-3470
홈페이지 www.gubook.co.kr
E - mail gubooks@naver.com

등   록 1993. 4.8 제1-1504호
ⓒ 관음출판사 1993

정가 20,000원